U0088124

私藏
日本語學習書

あなたもできる！
日本語会話帳

50音基本發音表

清音
●track 002

a ㄚ	i 一	u ㄨ	e ㄝ	o ㄡ
あ ア	い イ	う ウ	え エ	お オ
ka ㄎㄚ	ki ㄎ一	ku ㄎㄨ	ke ㄎㄝ	ko ㄎㄡ
か カ	き キ	く ク	け ケ	こ コ
sa ㄙㄚ	shi 丁一	su ㄙㄨ	se ㄙㄝ	so ㄙㄡ
さ サ	し シ	す ス	せ セ	そ ソ
ta ㄊㄚ	chi ㄑ一	tsu ㄘ	te ㄊㄝ	to ㄊㄡ
た タ	ち チ	つ ツ	て テ	と ト
na ㄋㄚ	ni ㄋ一	nu ㄋㄨ	ne ㄋㄝ	no ㄋㄡ
な ナ	に 二	ぬ ヌ	ね ネ	の ノ
ha ㄏㄚ	hi ㄏ一	fu ㄈㄨ	he ㄏㄝ	ho ㄏㄡ
は ハ	ひ ヒ	ふ フ	へ ヘ	ほ ホ
ma ㄇㄚ	mi ㄇ一	mu ㄇㄨ	me ㄇㄝ	mo ㄇㄡ
ま マ	み ミ	む ム	め メ	も モ
ya 一ㄚ		yu 一ㄩ		yo 一ㄡ
や ヤ		ゆ ユ		よ ヨ
ra ㄌㄚ	ri ㄌ一	ru ㄌㄨ	re ㄌㄝ	ro ㄌㄡ
ら ラ	り リ	る ル	れ レ	ろ ロ
wa ㄨㄚ		o ㄡ		n ㄣ
わ ワ		を ヲ		ん ン

濁音
●track 003

ga ㄍㄚ	gi ㄍ一	gu ㄍㄨ	ge ㄍㄝ	go ㄍㄡ
が ガ	ぎ ギ	ぐ グ	げ ゲ	ご ゴ
za ㄗㄚ	ji ㄐ一	zu ㄗㄨ	ze ㄗㄝ	zo ㄗㄡ
ざ ザ	じ ジ	ず ズ	ぜ ゼ	ぞ ゾ
da ㄉㄚ	ji ㄐ一	zu ㄗ	de ㄉㄝ	do ㄉㄡ
だ ダ	ぢ ヂ	づ ヅ	で デ	ど ド
ba ㄅㄚ	bi ㄅ一	bu ㄅㄨ	be ㄅㄟ	bo ㄅㄡ
ば バ	び ビ	ぶ ブ	べ ベ	ぼ ボ
pa ㄆㄚ	pi ㄆ一	pu ㄆㄨ	pe ㄆㄝ	po ㄆㄡ
ぱ パ	ぴ ピ	ぷ プ	ぺ ペ	ぽ ポ

拗音　　　● track 004

kya ㄎㄧㄚ		kyu ㄎㄧㄩ		kyo ㄎㄧㄡ	
きゃ	キャ	きゅ	キュ	きょ	キョ
sha ㄒㄧㄚ		shu ㄒㄧㄩ		sho ㄒㄧㄡ	
しゃ	シャ	しゅ	シュ	しょ	ショ
cha ㄑㄧㄚ		chu ㄑㄧㄩ		cho ㄑㄧㄡ	
ちゃ	チャ	ちゅ	チュ	ちょ	チョ
nya ㄋㄧㄚ		nyu ㄋㄧㄩ		nyo ㄋㄧㄡ	
にゃ	ニャ	にゅ	ニュ	にょ	ニョ
hya ㄏㄧㄚ		hyu ㄏㄧㄩ		hyo ㄏㄧㄡ	
ひゃ	ヒャ	ひゅ	ヒュ	ひょ	ヒョ
mya ㄇㄧㄚ		myu ㄇㄧㄩ		myo ㄇㄧㄡ	
みゃ	ミャ	みゅ	ミュ	みょ	ミョ
rya ㄌㄧㄚ		ryu ㄌㄧㄩ		ryo ㄌㄧㄡ	
りゃ	リャ	りゅ	リュ	りょ	リョ

gya ㄍㄧㄚ		gyu ㄍㄧㄩ		gyo ㄍㄧㄡ	
ぎゃ	ギャ	ぎゅ	ギュ	ぎょ	ギョ
ja ㄐㄧㄚ		ju ㄐㄧㄩ		jo ㄐㄧㄡ	
じゃ	ジャ	じゅ	ジュ	じょ	ジョ
ja ㄐㄧㄚ		ju ㄐㄧㄩ		jo ㄐㄧㄡ	
ぢゃ	ヂャ	づゅ	ヂュ	ぢょ	ヂョ
bya ㄅㄧㄚ		byu ㄅㄧㄩ		byo ㄅㄧㄡ	
びゃ	ビャ	びゅ	ビュ	びょ	ビョ
pya ㄆㄧㄚ		pyu ㄆㄧㄩ		pyo ㄆㄧㄡ	
ぴゃ	ピャ	ぴゅ	ピュ	ぴょ	ピョ

● | 平假名 | 片假名 |

1 寒暄、問候

3 電話、閒聊

5 感謝、道歉

6 興趣、嗜好

7 番外 - 疊字篇

生活篇
飲食
Part 2

1 外食、點餐

2 料理

1 超級市場、便利商店

購物篇

Part 3

4 其他

生 旅
活 遊
篇

Part 4

1 自助旅行

2 飯店住宿

3 突發狀況、生病

生活篇 交通篇

Part 5

1 地下鐵

2 公車、巴士

3 飛機

4 其他

娛樂生活篇

Part 6

日常生活篇

Part 1

おはよう ございます

早安

o.ha.yo.u./go.za.i.ma.su.

説明

這是比較禮貌性的説法。適用於中午之前與他人見面時打招呼的問候語，如果對象是平輩或是晚輩，則可用常體「おはよう」就可以了。

類句

おはよう。

早安。

o.ha.yo.u.

會話

A: おはよう ございます。

早安。

o.ha.yo.u./go.za.i.ma.su.

B: おはよう。

早！

o.ha.yo.u.

A: 今日は　早いですね。

今天好像比較早。

kyo.u.wa./ha.ya.i.de.su.ne.

B: え、そうですね。ちょっと…

欸，對啊。今天有點事…

e.so.u.de.su.ne./cho.tto.

ご機嫌　いかがですか？

你好嗎？

go.ki.gen.i.ka.ga.de.su.ka.

説明

相當如英文中的"How are you"，可表示關心對方的近況、健康、工作等許多相關情況，用法相當廣泛。

類句

近頃　いかがですか？

最近如何？

chi.ka.go.ro.i.ka.ga.de.su.ka.

お元気でしたか？

最近好嗎？

o.gen.ki.de.shi.ta.ka.

會話

A: ご家族の皆さんは　ご機嫌いかがですか？

　　您家人都好嗎？

　　go.ka.zo.ku.no.mi.na.san.wa./go.ki.gen.i.ka.ga.de.su.ka.

B: ありがとうございます。みんな元気です。

　　謝謝你，大家都很好。

　　a.ri.ga.to.u.go.za.i.ma.su./min.na.gen.ki.de.su.

お変^かわりありませんか？

最近如何？

o.ka.wa.ri.a.ri.ma.sen.ka.

説明

通常用於與久未謀面的、或是有段時間未見的友人見面時的問候語，由於此短句的語意為「有任何變化嗎？」，因此對方可以回應的範疇很廣，較有利於對話的延續。相較於單純的問候如「お元気^{げんき}でしたか」，僅僅問候關心對方的健康情況，回應的會話選擇性較少，因此，這句話也較能表現出純熟的對話技巧。

類句

お元気^{げんき}でしたか？

最近好嗎？

o.gen.ki.de.shi.ta.ka.

會話

A: 山下^{やました}さん、お久^{ひさ}しぶり。お変^かわりありませんか？

山下先生，好久不見了。最近如何？

ya.ma.shi.ta.san./o.hi.sa.shi.bu.ri./o.ka.wa.ri.a.ri.ma.sen.ka.

B: 相変^{あいか}わらず 忙^{いそが}しいです。

還是一樣很忙碌。

a.i.ka.wa.ra.zu./i.so.ga.shi.i.de.su.

お久<ruby>久<rt>ひさ</rt></ruby>しぶりです

好久不見

o.hi.sa.shi.bu.ri.de.su.

説明

與久違的朋友或舊識碰面時，通常用來作為問候的起始句。若是在電話中則大多以「ご無沙汰しています」來表達。

類句

しばらくです。

好久不見了。

shi.ba.ra.ku.de.su.

會話

A: おひさしぶりですね。

好久不見了。

o.hi.sa.shi.bu.ri.de.su.ne.

B: 本当ですね。最近どうですか？

真的，最近過得如何？

hon.to.u.de.su.ne./sa.i.kin.do.u.de.su.ka.

さようなら

再見

sa.yo.u.na.ra.

説明

通常用於雙方不確定是否再見面，或是不常見面的朋友之間的道別用語。

類句

お先に 失礼します。

我先告辭了。

o.sa.ki.ni./shi.tsu.re.i.shi.ma.su.

會話

A: それでは、これで。

那麼，就到這裡告一段落。

so.re.de.wa./ko.re.de.

B: じゃ、さようなら。

那就，再見了。

ja./sa.yo.u.na.ra.

それでは、また

下次再見了

so.re.de.wa./ma.ta.

説明

一般用於此次會面或是課堂結束時，與對方再見告別的用語，也有表示約定下次再見面的含意。

類句

じゃ、またあとで。

那麼，晚點見。

ja./ma.ta.a.to.de.

會話

A: 今日は本当にありがとうございました。今度 私 が
　 おごります。

今天真的很謝謝你。下次我來請客。

kyo.u.wa./hon.to.u.ni.a.ri.ga.to.u.go.za.i.ma.shi.ta/kon.do./
wa.ta.shi.ga.o.go.ri.ma.su.

B: いいですね。それでは、また。

好啊！那就下次見囉。

i.i.de.su.ne./so.re.de.wa./ma.ta.

よい一日を

いちにち

祝你有美好的一天

yo.i.i.chi.ni.chi.o.

説明

「よい」的意思是「好的」，在後面加上時間名詞如「一日」、「週末」等即表示祝福對方有美好的時光。

類句

よい週末を。
祝你有個愉快的週末。
yo.i.syu.u.ma.tsu.o.

よい休日を。
祝你有個美好的假期。
yo.i.kyu.u.ji.tsu.o.

會話

A: こんにちは。お出かけですか？

你好，要出門嗎？

kon.ni.chi.wa./o.de.ka.ke.de.su.ka.

B: ええ、友達と約束したので。

是啊，跟朋友約好了。

ee./to.mo.da.chi.to.ya.ku.so.ku.shi.ta.no.de.

A: じゃ、よい一日を。

那麼，祝你有美好的一天。

ja./yo.i.i.chi.ni.chi.o.

何かありましたか？

發生什麼事了嗎？

na.ni.ka.a.ri.ma.shi.ta.ka.

説明

通常用在不確定是否有事情，詢問關心對方的狀況時的説法。

類句

何かあったの？

有什麼事嗎？

na.ni.ka.a.tta.no.

どうしたんですか？

怎麼了嗎？

do.u.shi.tan.de.su.ka.

會話

A: 何かありましたか？

發生什麼事了嗎？

na.ni.ka.a.ri.ma.shi.ta.ka.

B: 別に、仕事がちょっと…。

沒什麼，工作上有點狀況…

be.tsu.ni./shi.go.to.ga.cho.tto.

お会いできてとてもうれしいです

真的很高興認識你

o.a.i.de.ki.te./to.te.mo.u.re.shi.i.de.su.

説明

用來表達能夠認識對方、見到對方感到很高興的說法。

類句

お会いできて光栄です。

很榮幸見到你。

o.a.i.de.ki.te.ko.u.e.i.de.su.

會話

A: こんにちは。はじめまして、私は陳と申します。

你好。初次見面，敝姓陳。

kon.ni.chi.wa./ha.ji.me.ma.shi.te./wa.ta.shi.wa./chin.to.mo.u.shi.ma.su.

B: こんにちは、私は江と申します。

你好，敝姓江。

kon.ni.chi.wa./wa.ta.shi.wa./ko.u.to.mo.u.shi.ma.su.

A: お会いできてとてもうれしいです。

很高興認識你。

o.a.i.de.ki.te.to.te.mo./u.re.shi.i.de.su.

B: 私もです。

我也很高興認識你。

wa.ta.shi.mo.de.su.

これで失礼します
那我先告辭了
ko.re.de./shi.tsu.re.i.shi.ma.su.

説明

要提前離開前向在場其他人告辭的説法。

類句

お先に失礼します。
先告辭了。
o.sa.ki.ni./shi.tsu.re.i.shi.ma.su.

では、失礼いたします。
那麼，我就告辭了。
de.wa./shi.tsu.re.i.i.ta.shi.ma.su.

會話

A: これで失礼します。
    那我先告辭了。
    ko.re.de./shi.tsu.re.i.shi.ma.su.

B: お疲れ様でした。
    辛苦了。
    o.tsu.ka.re.sa.ma.de.shi.ta.

お大事に
だい じ

請好好保重

o.da.i.ji.ni.

説明

探病時或是知道對方身體不適時，請對方保重身體的常用問候句。

類句

お気を付けて。
き　　つ

請小心。

o.ki.o.tsu.ke.te.

會話

A: 今日はちょっと調子が悪い。
きょう　　　　　　　　ちょう し　　わる

今天身體有點不舒服。

kyo.u.wa./cho.tto.cho.u.shi.ga.wa.ru.i.

B: 大丈夫ですか？お大事に。
だいじょう ぶ　　　　　　　だい じ

還好嗎？要好好保重喔。

da.i.jyo.u.bu.de.su.ka./o.da.i.ji.ni.

元気そうです
げん き
看起來氣色不錯的樣子
gen.ki.so.u.de.su.

説明

「そうです」表示看起來怎麼樣，所以前面也可以加上其他形容詞，例如「高そうです」，即可表示看起來很貴的樣子。

類句

顔色がよさそうですね。
かおいろ
你看起來氣色不錯。
ka.o.i.ro.ga.yo.sa.so.u.de.su.ne.

會話

A: お久しぶり。
ひさ
好久不見了。
o.hi.sa.shi.bu.ri.

B: 本当。
ほんとう
真的耶。
hon.to.u.

A: 元気そうだね。何かいいことがあった？
げん き　　　　なに
你看起來氣色不錯。有什麼好事發生嗎？
gen.ki.so.u.da.ne./na.ni.ka.i.i.ko.to.ga.a.tta.

相変わらずですね
あい か

你都沒變還是一樣

a.i.ka.wa.ra.zu.de.su.ne.

説明

多用於與長時間未見的熟人見面時，常用的問候語。表示對方一直以來沒有太大的變化。

類句

変わってませんね。
か

你還是老樣子。

ka.wa.tte.ma.sen.ne.

會話

A: こんにちは。

你好。

kon.ni.chi.wa.

B: 久しぶりです。相変わらずですね。
ひさ　　　　　あい か

好久不見了。你都沒變還是一樣。

hi.sa.shi.bu.ri.de.su./a.i.ka.wa.ra.zu.de.su.ne.

A: どうも、そちらも変わってませんね。
か

謝謝，你也一樣還是老樣子。

do.u.mo./so.chi.ra.mo.ka.wa.tte.ma.sen.ne.

お邪魔します
じゃ ま

打擾了

o.ja.ma.shi.ma.su.

説明

最常用於要拜訪他人，在進入屋內之前通常都會先說這句，表示
有客人來了，也是表示對主人的尊重。

類句

恐れ入りますが。
おそ　い

打擾了。

o.so.re.i.ri.ma.su.ga.

會話

A: すみません。誰かいませんか？
だれ

不好意思，請問有人在家嗎？

su.mi.ma.sen./da.re.ka.i.ma.sen.ka.

B: はい、少々お待ちください。
しょうしょう　　ま

有的，請稍等一下。

ha.i./syo.u.syo.u.o.ma.chi.ku.da.sa.i.

どうぞ、お入りください。
はい

請進。

do.u.zo./o.ha.i.ri.ku.da.sa.i.

A: お邪魔します。
じゃ ま

打擾了。

o.ja.ma.shi.ma.su.

1 寒暄、問候

また明日
あした

明天見

ma.ta.a.shi.ta.

説明

大多用於熟識的朋友之間，表達在短暫道別之後，便會再碰面的情況。還有許多延伸的説法，在また之後加上表示時間的名詞，便表示將於時間名詞相約再見。

類句

また来週。
らいしゅう

那就下周見了

ma.ta.ra.i.syu.u.

會話

A: 一緒に映画を見に行きませんか？
いっしょ　えいが　み　い

　一起去看電影吧？

　i.ssyo.ni.e.i.ga.o.mi.ni.i.ki.ma.sen.ka.

B: いいですよ。明日はどうですか？
　　　　　あした

　好啊！明天可以嗎？

　i.i.de.su.yo./a.shi.ta.wa.do.u.de.su.ka.

A: いいですよ。明日ですね。じゃ、また明日。
　　　　　あした　　　　　　　　あした

　那就明天見囉。

　i.i.de.su.yo./a.shi.ta.de.su.ne./ja.ma.ta.a.shi.ta.

よかった！
太好了！
yo.ka.tta.

説明

當發生值得開心或是意料之外的好結果時，可以用表示稱讚、開心之意。這句話另外也有「還好」、「幸虧」以及「好險」的意思，當事情發展未如當初所料的不順利，或是差點闖禍出事，但最後還是以好的結局收場，就可以以「よかった」來表現。

類句

素晴らしい！
太棒了！太好了！
su.ba.ra.shi.i.

すごい！
真厲害！
su.go.i..

會話

A: 今回の面接の試験で満点を取ってうれしかったです。
這次的口試拿到了滿分所以很開心。
kon.ka.i.no.men.se.tsu.no.shi.ken.de./man.ten.o.to.tte.u.re.shi.
ka.tta.de.su.

B: よかったね。おめでとう。
太好了！恭喜你。
yo.ka.tta.ne./o.me.de.to.u.

雨になりそうです
あめ

好像要下雨了

a.ma.ni.na.ri.so.de.su.

説明

「そうです」有好像、看起來如何的意思。表示可能會出現的情形。

類句

雨が降ろうとしている。
あめ ふ

就要下雨了。

a.me.ga.fu.ro.u.to.shi.te.i.ru.

會話

A: 母さん、いってきます。
かあ

媽媽我要出門了。

ka.a.san./i.tte.ki.ma.su.

B: 傘を忘れないで。雨になりそうだよ
かさ わす あめ

不要忘了帶雨傘。好像要下雨了。

ka.sa.o.wa.su.re.na.i.de./a.me.ni.na.ri.so.u.da.yo.

よい日和ですね！

天氣好好喔！

yo.i.hi.yo.ri.de.su.ne.

説明

「日和」是指天氣情況。日文中表示適合做什麼的天氣時，就可以利用這個關鍵字，例如「洗濯日和」就可以表現為適合洗衣服的天氣。

類句

いい天気ですね。

天氣真好。

i.i.ten.ki.de.su.ne.

會話

A: よい日和だね！どこかへピクニックに行きたいな。

天氣真好！想找個地方去野餐。

yo.i.hi.yo.ri.da.ne./do.ko.ka.he./pi.ku.ni.kku.ni.i.ki.ta.i.na.

B: いいよ。一緒に行きましょう。

好啊。那就一起去吧。

i.i.yo./i.ssyo.ni.i.ki.ma.syo.u.

イライラする

不耐煩

i.ra.i.ra.su.ru.

説明

表現不耐煩、焦慮情緒時常用的生活用語。

類句

いらだたしい。

讓人心煩。

i.ra.da.ta.shi.i.

會話

A: すごく長い時間を待ってるんだ。イライラするよ。

等了很久了，都不耐煩了。

su.go.ku.na.ga.i.ji.kan.o.ma.tte.run.da./i.ra.i.ra.su.ru.yo.

B: ごめんなさい、もうすぐ着きますから。

對不起，馬上就到了。

go.men.na.sa.i./mo.u.su.gu.tsu.ki.ma.su.ka.ra.

やばい！

不好了！

ya.ba.i

説明

用來表示意外情況出現時的語氣詞，通常是不好的事情。

類句

大変だ！

真糟！

ta.i.hen.da.

會話

A: やばい！

糟糕了！

ya.ba.i.

B: どうしたんですか？

發生什麼事了？

do.u.shi.tan.de.su.ka.

A: ちゃわんをこわしちゃったんだ。

剛把茶杯打破了。

cha.wan.o.ko.wa.shi.cha.ttan.da.

すごい！

真厲害！

su.go.i.

説明

通常用在表示程度很高，口語上也常用於表達對人或是事物的稱讚。

類句

さいこう
最高！
太棒了！
sa.i.ko.u.

すば
素晴らしい！
太棒了！
su.ba.ra.shi.i.

會話

A: このケーキは 私 の手作りです。お召し上がりください。

這的蛋糕是我親手做的。請嚐嚐看。

ko.no.kee.ki.wa./wa.ta.shi.no.te.du.ku.ri.de.su./o.me.shi.a.ga.
ri.ku.da.sa.i.

B: すごい！おいしいそうですね。

太厲害了！看起來好好吃喔。

su.go.i./o.i.shi.i.so.u.de.su.ne.

もう我慢できません
再也受不了了
mo.u.ga.man.de.ki.ma.sen

説明

表示無法再繼續忍受現況，用來形容不滿的情緒。

類句

もう限界です。
已經到極限了。
mo.u.gen.ka.i.de.su.

もう耐えられない。
再也忍受不了了。
mo.u.ta.e.ra.re.na.i

會話

A: もう我慢できません。

我再也受不了了。

mo.u.ga.man.de.ki.ma.sen.

B: 落ち着いて、何かあったの？

冷靜一點，到底怎麼了？

o.chi.tsu.i.te./na.ni.ka.a.tta.no.

A: あの人はいつも遅れてくるのに、電話もしてくれなくて、本当に最低です。

那個人總是遲到，又也不打通電話聯絡，真的很差勁。

a.no.hi.to.wa./i.tsu.mo.o.ku.re.te.ku.ru.no.ni./den.wa.mo.shi.te.ku.re.na.ku.te./hon.to.u.ni.sa.i.te.i.de.su.

余計なことしないで
よけい

請不要多管閒事

yo.ke.i.na.ko.to.shi.na.i.de

説明

日文中「余計な」是表示多餘的意思，不要做多餘的事引申為不
要多管閒事。
よけい

類句

あなたには関係のないことです。
かんけい

這與你無關。

a.na.ta.ni.wa./kan.ke.i.no.na.i.ko.to.de.su.

會話

A: どうしたんですか？何か怒ってるみたいですね。
なに おこ

怎麼了？你好像為了什麼很生氣。

do.u.shi.tan.de.su.ka./na.ni.ka.o.ko.tte.ru.mi.ta.i.de.su.ne.

B: 別に、余計なことしないで。あなたには関係ない
べつ よけい かんけい

ことです。

沒什麼，別多管閒事。這跟你沒有關係。

be.tsu.ni./yo.ke.i.na.ko.to.shi.na.i.de./a.na.ta.ni.wa./kan.ke.i.na.
i.ko.to.de.su.

本気じゃないの
ほん き

你不是認真的吧

hon.ki.ja.na.i.no.

説明

「じゃない」通常接在名詞或是形容詞之後，用否定語氣來詢問對方。

類句

マジで。

真的嗎？

ma.ji.de.

會話

A: 私 は 留 学することに決めた。

我決定要去留學了。

wa.ta.shi.wa./ryu.u.ga.ku.su.ru.ko.to.ni.ki.me.ta.

B: 本気？そんな 急 に。

你是認真的嗎？怎麼那麼突然。

hon.ki./son.na.kyu.u.ni.

A: 本気です。アメリカに行くつもりです。

我説真的。決定要去美國留學。

hon.ki.de.su./a.me.ri.ka.ni.i.ku.tsu.mo.ri.de.su.

B: そうか。じゃ、頑張ってね！

這樣啊，那加油囉！

so.u.ka./ja./gan.ba.tte.ne.

びっくりした

嚇一大跳

bi.kku.ri.shi.ta.

説明

表示被驚嚇到、驚訝的情緒常用句。

類句

驚いた。

驚喜。

o.do.ro.i.ta.

會話

A: わあ〜、びっくりした。

啊！嚇我一跳。

wa.a./bi.kku.ri.shi.ta.

B: お誕生日おめでとう！

生日快樂！

o.tan.jo.u.bi.o.me.do.to.u.

もっと驚くことが待っているわよ。

還有更大的驚喜在後面等你喔。

mo.tto.o.do.ro.ku.ko.to.ga./ma.tte.i.ru.wa.yo.

やっぱり！

果然如此！

ya.ppa.ri.

説明

事情如同自己的想像。

類句

やはり！
果然！
ya.ha.ri.

<ruby>果<rt>は</rt></ruby>たして。
確實如此。
ha.ta.shi.te.

會話

A: <ruby>彼<rt>かれ</rt></ruby>はこの<ruby>事件<rt>じ けん</rt></ruby>の<ruby>真犯人<rt>しんはんにん</rt></ruby>です。

他是這個案件的真兇。

ka.re.wa./ko.no.ji.ken.no.shin.han.nin.de.su.

B: やっぱりそうだったんだ。

果然是這樣。

ya.ppa.ri.so.u.da.ttan.da.

ありえない
不可能的
a.ri.e.na.i.

説明

對於眼前的事物無法置信，表達出不可思議的意思。

類句

無理です。
不可能。
mu.ri.de.su.

あるはずがない。
不可能。沒有道理。
a.ru.ha.zu.ga.na.i.

會話

そんなことはありえない。
那是不可能的事。
son.na.ko.to.wa./a.ri.e.na.i.

私が彼に負けるなんてありえないわ。
我不可能會輸給你。
wa.ta.shi.ga.ka.re.ni.ma.ke.ru.nan.te./a.ri.e.na.i.

ほっとした。

鬆一口氣。

ho.tto.shi.ta.

説明

當心中掛念的事情解決之後，心中壓力釋放之後可以用這句話來表現如釋重負的感覺，像是大大嘆了一口氣的輕鬆。

類句

ほっと息をつく

鬆了一口氣

ho.tto.i.ki.o.tsu.ku.

會話

A: やっと間に合いました。ほっとした。

總算趕上了。真是鬆了一口氣。

ya.tto.ma.ni.a.i.ma.shi.ta./ho.tto.shi.ta.

B: よかったね。

好險啊。

yo.ka.tta.ne.

うらやましいなあ！

好羨慕你喔！

u.ra.ya.ma.shi.i.na.a.

説明

對於他人的情況或是所擁有的事、物感到羨慕時，可以用來表現的形容詞。

類句

いいな！

好好喔！

i.i.na.

會話

A: あの、どんな人生を目指しますか？

對了，你的人生目標是什麼？

a.no./don.na.jin.se.i.o./me.za.shi.ma.su.ka.

B: 実は、私 は仕事が趣味だという人がうらやましいんですが。

其實，我很羨慕那種工作與興趣結合的人呢。

ji.tsu.wa./wa.ta.shi.wa.shi.go.to.ga.syu.mi.da.to.i.u.hi.to.ga./u.ra.ya.ma.shi.in.de.su.ga.

つまらない

好無趣

tsu.ma.ra.na.i.

説明

感到人、事、物很無趣的時候常用的形容詞。

類句

おもしろ
面白くない。

不怎麼有趣

o.mo.shi.ro.ku.na.i.

たいくつ
退屈な。

無聊。

ta.i.ku.tsu.na.

會話

きのう　えいが
A: 昨日の映画はどうだった？

昨天看的電影好看嗎？

ki.no.u.no.e.i.ga.wa./do.u.da.tta.

B: つまらなかった。

好無趣喔。

tsu.ma.ra.na.ka.tta.

3 電話、閒聊

でん わ か
お電話変わりました

電話換人接聽了

o.den.wa.ka.wa.ri.ma.shi.ta.

説明

當電話換人接聽時，一開始會先説這句關鍵句，讓對方知道對話的對象已經換人了，再繼續後續的對話，是生活中常用的電話用語。

類句

でん わ
電話かわります。

電話將換人接聽。

den.wa.ka.wa.ri.ma.su.

會話

A: もしもし、陳さんはいますか？

喂，你好，陳先生在嗎？

mo.shi.mo.shi./chin.san.wa.i.ma.su.ka.

しょうしょう ま
B: 少 々 お待ちください。

請稍等一下。

syo.u.syo.u.o.ma.chi.ku.da.sa.i.

でん わ もう
C: お電話かわりました。陳と申します。

電話剛剛換人接聽了。我姓陳。

o.den.wa.ka.wa.ri.ma.shi.ta./chin.to.mo.u.shi.ma.su.

どちらさまですか？

請問你是哪位？

do.chi.ra.sa.ma.de.su.ka.

説明

詢問對方是誰以及姓名時所用的詢問句。

類句

どなたさまですか？

請問是哪位？

do.na.ta.sa.ma.de.su.ka.

會話

A: もしもし。江です。どちらさまですか？

喂喂，我姓江。請問您是哪位？

mo.shi.mo.shi./.ko.u.de.su./do.chi.ra.sa.ma.de.su.ka.

B: あの、林です。いまちょっとお時間よろしい
　 ですか？

敝姓林。請問現在有時間嗎？

a.no./rin.de.su./i.ma.cho.tto./o.ji.kan.yo.ro.shi.i.de.su.ka.

A: ええ、お久しぶりですね。ご用件は？

喔，好久不見了。有什麼事嗎？

ee./o.hi.sa.shi.bu.ri.de.su.ne./go.yo.u.ken.wa.

B: 大切なことを相談したいんですが。

有重要的是想找你商量。

ta.i.se.tsu.na.ko.to.o./so.u.dan.shi.ta.in.de.su.ga.

誰_{だれ}をお探_{さが}しですか？

請問找哪位？

da.re.o./o.sa.ga.shi.de.su.ka.

説明

電話中詢問對方要找誰的禮貌型詢問句。

類句

誰_{だれ}に御用_{ごよう}でしょうか？

請問找哪一位？

da.re.ni.go.yo.u.de.syo.u.ka.

會話

A: 誰_{だれ}をお探_{さが}しですか？

請問找哪位？

da.re.o./o.sa.ga.shi.de.su.ka.

B: あの、スミスさんいらっしゃいますか？

請問Smith(史密斯)先生在嗎？

a.no./su.mi.su.san./i.ra.ssya.i.ma.su.ka.

掛け間違えました
か　まちが

打錯電話了

ka.ke.ma.chi.ga.e.ma.shi.ta.

説明

發現打錯電話時，跟説對方表示打錯電話時説的電話用語。

會話

A: もしもし、山田さんいらっしゃいますか？
やま だ

你好，請問山田先生在嗎？

mo.shi.mo.shi./ya.ma.da.san.i.ra.ssya.i.ma.su.ka.

B: 山田という者はおりませんが。
やま だ　　　　　もの

這裡沒有這個人。

ya.ma.da.to.i.u.mo.no.wa./o.ri.ma.sen.ga.

A: すみません、掛け間違えました。
か　まちが

不好意思，我打錯電話了。

su.mi.ma.sen./ka.ke.ma.chi.ga.e.ma.shi.ta.

通話中です
つう わ ちゅう

通話中

dsu.u.wa.chu.de.su.

説明

替人接聽電話時，向通話方説明對方正在通話中，因此無法接聽電話時的電話用語。日文的「～中」表示在某種狀態中，如「会議中」就是正在開會的意思。
かい
ぎ ちゅう

類句

はなしちゅう
話中です。

通話中。

ha.na.shi.chu.u.de.su.

會話

A: すみませんが、佐々木さんいらっしゃいますか？
さ さ き

不好意思，請問佐佐木先生在嗎？

su.mi.ma.sen.ga./sa.sa.ki.san./i.ra.ssya.i.ma.su.ka.

B: 佐々木はいま通話中です。何かお伝えしましょうか。
さ さ き　　　　　つう わ ちゅう　　　なに　　つた

他正在通中。需要幫你轉達訊息嗎。

sa.sa.ki.wa./i.ma.tsu.u.wa.chu.u.de.su./na.ni.ka.o.tsu.ta.e.shi.ma.syo.u.ka.

伝言をお願いできますか？

可以幫我留話嗎？

den.gon.o./o.ne.ga.i.de.ki.ma.su.ka.

説明

請對方幫忙留言、幫忙傳話時可用的電話會話。「お願い」常用於請託他人時，是相當常用的關鍵字。

類句

メッセージを伝えてもらえますか？

能請你幫忙留話嗎？

me.ssee.ji.o./tsu.ta.e.te.mo.ra.e.ma.su.ka.

會話

A: すみません、伝言をお願いできますか？

不好意思，可以請你幫我留話嗎？

su.mi.ma.sen./den.gon.o./o.ne.ga.i.de.ki.ma.su.ka.

B: はい。誰に伝言を伝えておきますか？

好的，請問要留話給哪一位呢？

ha.i./da.re.ni./den.gon.o.tsu.ta.e.te.o.ki.ma.su.ka.

もしもし

喂～

mo.shi.mo.shi.

説明

接聽電話時，一開始說的第一句話，確認對方是否有聽到。

會話

A: もしもし、吉田さんですか？

喂，請問是吉田嗎？

mo.shi.mo.shi./yo.shi.da.san.de.su.ka.

B: はい、そうです。

是的，我就是。

ha.i./so.u.de.su.

會話

A: もしもし、どちらさまですか？

喂，請問你是哪一位？

mo.shi.mo.shi./do.chi.ra.sa.ma.de.su.ka.

B: 田中と申します。

我是田中。

ta.na.ka.to.mo.u.shi.ma.su.

また電話します

我會再來電

ma.ta.den.wa.shi.ma.su.

説明

「また」的意思是又、再次，「また明日」的意思是「明天再見」。

類句

また連絡します。
再聯絡。
ma.ta.ren.ra.ku.shi.ma.su.

會話

A: あの、多田はただいま電話に出ることはできません。

那個，多田現在通話中，沒辦法接聽電話。

a.no./ta.da.wa.ta.da.i.ma.den.wa.ni.de.ru.ko.to.wa./de.ki.ma.sen.

B: わかりました。じゃ、また電話します。

知道了，那我會再來電。

wa.ka.ri.ma.shi.ta./ja./ma.ta.den.wa.shi.ma.su.

3 電話、閒聊

電話番号を教えてください
でん わ ばんごう　　　おし

請告訴我電話號碼

den.wa.ban.go.u.o./o.shi.e.te.ku.da.sa.i.

説明

「教えてください」有請教我、請告訴我以及請跟我説等含意，
おし
一般的生活會話中常常會被使用到。

會話

A: すみませんが。

不好意思。

su.mi.ma.sen.ga.

B: 何でしょうか？
なん

請問有什麼事嗎？

nan.de.syo.u.ka.

A: 同窓会のために皆さんに連絡しなければならないん
どうそうかい　　　　　みな　　　　れんらく
ですが、皆さんの電話番号を教えてください。
みな　　　　　でん わ ばんごう　　おし

因為要辦同學會必須聯絡所有同學。因此可以告訴我電話號
碼嗎。

do.u.so.u.ka.i.no.ta.me.ni./mi.na.san.ni./ren.ra.ku.shi.na.ke.
re.ba.na.ra.na.in.de.su.ga./mi.na.san.no.den.wa.ban.go.u.o./
o.shi.e.te.ku.da.sa.i.

B: はい、これです。どうぞ。

好的，就在這裡。

ha.i./ko.re.de.su./do.u.zo.

最近どうですか？
さいきん

最近如何？

sa.i.kin.do.u.de.su.ka.

説明

「どうですか」是詢問心情、近況如何的詢問句。這句話常用於遇見很久不見的朋友，詢問對方近況的問候語。

類句

お元気ですか？
げんき

近來好嗎？

o.gen.ki.de.su.ka.

會話

A: 最近どうですか？
さいきん

最近如何？

sa.i.kin.do.u.de.su.ka.

B: まあまあです。ただしごとがちょっと忙しかったです。
いそが

一切都還好。只是工作有點忙碌。

ma.a.ma.a.de.su./ta.da.shi.go.to.ga./cho.tto.i.so.ga.shi.ka.tta.
de.su.

一緒にお茶しませんか！

一起去喝茶吧！

i.ssyo.ni./o.cha.shi.ma.sen.ka.

説明

「一緒に」是「一起」的意思。邀約對方一起去做某件事時，可以用否定句的問句表達。

類句

一緒にお茶しましょう！

一起去喝茶吧！

i.ssyo.ni./o.cha.shi.ma.syo.u.

會話

A: 会えてよかった。

遇到你真是太好了。

a.e.te./yo.ka.tta.

B: そうそう、せっかくだから、一緒にお茶しませんか！

對啊，這麼難得一起去喝茶吧！

so.u.so.u./se.kka.ku.da.ka.ra./i.ssyo.ni.o.cha.shi.ma.sen.ka.

A: ええ、行きましょう。

好啊。那就走吧。

e.e./i.ki.ma.syo.u.

時間が経つのは早いものです

時間過得真快

ji.kan.ga.ta.tsu.no.wa./ha.ya.i.de.su.

説明

遇到好久未見的朋友，閒聊時的生活會話。「早い」有很早、很快之意的形容詞。

會話

A: 時間が経つのは早いものですね。

時間過得真快。

ji.kan.ga.ta.tsu.no.wa./ha.ya.i.mo.no.de.su.ne.

B: 本当ですね。 十年ぶりですね。

真的。已經十年不見了呢。

hon.to.u.de.su.ne./juu.nen.bu.ri.de.su.ne.

電話番号が変わりましたか？

でん わ ばんごう か

電話號碼有換嗎？

den.wa.ban.go.u.ga.ka.wa.ri.ma.shi.ta.ka.

説明

遇到舊識想詢問朋友聯絡方式，確認是否有變化的時候，就可以用這句詢問句。

類句

アドレスが変わりましたか？

か

你的地址有變嗎？

a.do.re.su.ga.ka.wa.ri.ma.shi.ta.ka.

會話

A: 電話番号が変わりましたか？

でん わ ばんごう か

你的電話有換過嗎？

den.wa.ban.go.u.ga./ka.wa.ri.ma.shi.ta.ka.

B: いいえ、同じです。

おな

沒有，還是一樣的。

i.i.e./o.na.ji.de.su.

私もそう思います

我也是這麼想的

wa.ta.shi.mo./so.u.o.mo.i.ma.su.

説明

表示也認同對方的想法時，回應時就可以這樣説。「思(おも)います」有「想法、認為」的意思。

類句

そうですね。
就是啊。
so.u.de.su.ne.

そうそう。
對啊。
so.u.so.u.

會話

A: あの人はいい人ですね。性格がいいし、かっこいいです。

那個人真是個好人。個性好，長得也很好看。

a.no.hi.to.wa./i.i.hi.to.de.su.ne./se.i.ka.ku.ga.i.i.shi./ka.kko.i.i.de.su.

B: 私もそう思います。

我也這麼認為。

wa.ta.shi.mo.so.u.o.mo.i.ma.su.

そうだよ

就是說啊

so.u.da.yo.

說明

當同意對方所說的話時，可以用這句話表示贊同。

類句

そうです。

就是這樣。

so.u.de.su.

會話

A: これは先生がおっしゃっていた本ですか？

這本書是老師說的那一本嗎？

ko.re.wa./sen.se.i.ga.o.ssya.tte.i.ta.hon.de.su.ka.

B: ええ、そうだよ。

是的，正是這樣。

e.e./so.u.da.yo.

おいくつですか？

一共有幾個？

o.i.ku.tsu.de.su.ka.

説明

「いくつ」除了有「幾個」的意思，還另有「幾歲」的意思，因此這句話除了可以詢問數量之外，也是詢問對方年紀的疑問句。

會話

A: すみません、これは全部でいくつありますか？

不好意思，這裡總共有幾個？

su.mi.ma.sen./ko.re.wa./zen.bu.de.i.ku.tsu.a.ri.ma.su.ka.

B: 全部で 十 個あります。

全部有10個。

zen.bu.de.ju.u.ko.a.ri.ma.su.

A: あのう、半分でもよろしいですか？

那麼，我只要一半可以嗎？

a.no.u./han.bun.de.mo.yo.ro.shi.i.de.su.ka.

B: はい、これをどうぞ。

好的，這是你要的。

ha.i./ko.re.o.do.u.zo.

おいくらですか？

多少錢？

o.i.ku.ra.de.su.ka.

説明

「いくら」是詢問多少的意思。除了問對方多少錢（金額）之外，另外，問需要多少時間也可以用這個字。

類句

値段はいくらですか？

價格是多少？

ne.dan.wa./i.ku.ra.de.su.ka.

會話

A: ここのプリンはおいくらですか？

這個布丁要多少錢？

ko.ko.no.pu.rin.wa./o.i.ku.ra.de.su.ka.

B: 一つ二百円です。

一個200日圓。

hi.to.tsu.ni.hya.ku.en.de.su.

予定は何時ですか？
よ てい　いつ

預計什麼時候？

yo.te.i.wa./i.tsu.de.su.ka.

説明

「何時ですか」是詢問「什麼時候」的疑問句。
いつ

類句

いついく？

什麼時候要去？

i.tsu.i.ku.

會話

A: 今年旅行の計画があるんです。
こ とし りょこう　　けいかく

我打算今年要計畫去旅行。

ko.to.shi.ni.ryo.ko.u.no.ke.i.ka.ku.ga.a.run.de.su.

B: いいね、予定は何時ですか？
よ てい　いつ

真好，預計什麼時候要去？

i.i.ne./yo.te.i.wa./i.tsu.de.su.ka.

何時からですか？
なんじ

幾點開始？

nan.ji.ka.ra.de.su.ka.

説明

「から」是指開始的時間點，「まで」則是結束的時間點。

類句

いつからですか？

什麼時候開始？

i.tsu.ka.ra.de.su.ka.

會話

A: そろそろ映画の時間ですよ。
えいが　じかん

差不多到電影開演的時間了。

so.ro.so.ro./e.i.ga.no.ji.kan.de.su.yo.

B: そうですか。何時からですか？
なんじ

這樣啊。是幾點開始的？

so.u.de.su.ka./nan.ji.ka.ra.de.su.ka.

もうこんな時間
都這個時間了
mo.u.kon.na.ji.kan.

説明

「もう」有已經、既～的意思，這句話已經這樣的時間，表示時間已經有點晚了，自己都沒發現到。

類句

もうそんなに遅いんですか。
都那麼晚了。
mo.u.son.na.ni.o.so.in.de.su.ka.

會話

A: 失礼ですが、お先に。
不好意思，我先離開了。
shi.tsu.re.i.de.su.ga./o.sa.ki.ni.

B: ああ～、もうこんな時間だ。お疲れ様でした。
啊！都這個時間了。你辛苦了。
aa./mo.u.kon.na.ji.kan.da./o.tsu.ka.re.sa.ma.de.shi.ta.

いつご都合がよろしいでしょうか？
つ ごう

你什麼時間方便？

i.tsu./go.tsu.go.u.ga./yo.ro.shi.i.de.syo.u.ka.

説明

「都合」是指某種形況、方便的意思，這句話是禮貌型詢問對方
何時情況方便的問句。

類句

いつがよろしいですか？

什麼時間方便？

i.tsu.ga.yo.ro.shi.i.de.su.ka.

會話

A: あのう、英語の授業を予約したいですが。
　　　えい ご　じゅぎょう　よ やく

　　那個，我要要預約英文的上課時間。

　　a.no.u./e.i.go.no.jyu.gyo.u.o./yo.ya.ku.shi.ta.i.de.su.ga.

B: ご都合はいつがよろしいでしょうか？
　　　つ ごう

　　你什麼時間方便？

　　go.tsu.go.u.wa./i.tsu.ga.yo.ro.shi.i.de.syo.u.ka.

仕事はいつからですか？
しごと

工作什麼時候開始的？

shi.go.to.wa./i.tsu.ka.ra.de.su.ka.

説明

這是詢問對方工作開始的時間點。通常用在要與對方相約時與對方確認方便的時間。

類句

仕事は何時からですか。
しごと　なんじ

工作是幾點要開始？

shi.go.to.wa./nan.ji.ka.ra.de.su.ka.

會話

A: 今日の仕事はいつからですか？
きょう　しごと

今天的工作何時要開始？

kyo.u.no.shi.go.to.wa./i.tsu.ka.ra.de.su.ka.

B: 午前１０時からです。
ごぜんじゅうじ

上午10點開始。

go.zen.jyu.u.ji.ka.ra.de.su.

そろそろ始めましょう。
はじ

差不多要開始了
so.ro.so.ro.ha.ji.me.ma.syo.u.

説明

「そろそろ」在這裡有「就要」的意思。這種説法常用在表示時間就快要到的情況。

類句

そろそろです。
時間差不多了。
so.ro.so.ro.de.su.

時間ですよ。
じ かん
時間到了。
ji.kan.de.su.yo.

會話

A: もう 準 備できました。
じゅん び
已經準備好了。
mo.u.jyun.bi.de.ki.ma.shi.ta.

B: そろそろ始めましょう。
はじ
差不多要開始了。
so.ro.so.ro.ha.ji.me.ma.syo.u.

どれぐらいかかりますか？

大約要花多少時間？

do.re.gu.ra.i.ka.ka.ri.ma.su.ka.

說明

「かかります」有「花費」的意思。花費金錢或是時間都可以用這個字。而這句話除了可以問花多少時間之外，也有詢問「大約多少錢」的用法。

類句

どのぐらいかかりますか？

需要花多少時間？

do.no.gu.ra.i.ka.ka.ri.ma.su.ka.

會話

A: 東京 にいくにはどれぐらいかかりますか？

到東京大約要花多少時間？

to.u.kyo.u.ni.i.ku.ni.wa./do.re.gu.ra.i.ka.ka.ri.ma.su.ka.

B: 3時間ぐらいでしょう。

大約是3小時左右吧。

san.ji.kan.gu.ra.i.de.syo.u.

4 時間、數字

間に合わない
ま　あ

來不及了

ma.ni.a.wa.na.i.

説明

「間に合う」是用於形容時間趕得上的説法。否定形則表示來不
及的意思。

會話

A: 急いでください。これからでは準備が間に合わない
いそ　　　　　　　　　　　じゅんび　ま　あ
かもしれません。

麻煩你快一點。現在開始準備可能已經來不及了。

i.so.i.de.ku.da.sa.i./ko.re.ka.ra.de.wa./jyun.bi.ga./ma.ni.a.wa.
na.i.ka.mo.shi.re.ma.sen.

B: はい、わかりました。

好的，我知道了。

ha.i./wa.ka.ri.ma.shi.ta.

いま、よろしいでしょうか？

現在方便嗎？

i.ma./yo.ro.shi.i.de.syo.u.ka.

説明

這句話適用於詢問對方目前有空嗎？也是屬於禮貌型的問法。

類句

今、いい？

現在有空嗎？

i.ma./i.i.

會話

A: すみません、いま、よろしいでしょうか？

不好意思，請問現在方便嗎？

su.mi.ma.sen./i.ma./yo.ro.shi.i.de.syo.u.ka.

B: はい、いま大丈夫です。

是的，現在沒問題。

ha.i./i.ma.da.i.jyo.u.bu.de.su.

5 感謝、道歉

どうも
謝謝你
do.u.mo.

説明

這句話常用於熟悉的朋友之間或是對晚輩時，表示感謝的常用語。跟朋友見面時也可以用這句話作為打招呼的問候語。

類句

ありがとう。
謝謝。
a.ri.ga.to.u.

會話

A: あそこのコップを取ってもらえませんか？
　　可以請你幫我拿那個杯子嗎？
　　a.so.ko.no.ko.ppu.o./to.tte.mo.ra.e.ma.sen.ka.

B: はい、どうぞ。
　　好的，請用。
　　ha.i./do.u.zo.

A: どうも。
　　謝謝。
　　do.u.mo.

失礼ですが
しつれい

很抱歉

shi.tsu.re.i.de.su.ga.

説明

用於向對方提出要求，怕對對方造成不便時，因此會先説這句話
表達自己不好意思、很抱歉的意思。

類句

恐れ入ります。
おそ い

不好意思。

o.so.re.i.ri.ma.su.

ごめんなさい。

對不起。

go.men.na.sa.i.

會話

A: 失礼ですが、もうすこし待ってくださいませんか？
しつれい ま

很抱歉，能再麻煩你再稍等一下嗎？

shi.tsu.re.i.de.su.ga./mo.u.su.ko.shi./ma.tte.ku.da.sa.i.ma.sen.ka.

B: 大丈夫です。気にしないでください。
だいじょうぶ き

沒問題，我不在意。

da.i.jyo.u.bu.de.su./ki.ni.shi.na.i.de.ku.da.sa.i.

5 感謝、道歉

恐れ入ります
おそ　い

不好意思

o.so.re.i.ri.ma.su.

説明

用於對長輩或是上司，擔心打擾到對方，表示自己實在不好意思時，常用的開頭語。

類句

失礼ですが。
しつれい
很抱歉。
shi.tsu.re.i.de.su.ga.

會話

A: 恐れ入りますが、ここにサインをお願いします。
　　おそ　い　　　　　　　　　　　　　　　　　　　　　ねが

　　不好意思，麻煩在這裡簽名。

　　o.so.re.i.ri.ma.su.ga./ko.ko.ni.sa.in.o./o.ne.ga.i.shi.ma.su.

B: はい、書きました。
　　　　か

　　好的，簽好了。

　　ha.i./ka.ki.ma.shi.ta.

気にしないでください
不用在意
ki.ni.shi.na.i.de.ku.da.sa.i.

説明

這句話是表達自己並不將這件事放在心上，也請對方不要在意。
常用於當對方對自己道歉或是感到抱歉時，安慰對方的回應。

類句

気にしないで。
別在意。
ki.ni.shi.na.i.de.

気にするな。
別在意。
ki.ni.su.ru.na.

會話

A: 先日手伝ってくださって本当にありがとうござい
ました。

真的很謝謝你之前的幫忙。

sen.ji.tsu.te.tsu.da.tte.ku.da.sa.tte./hon.do.u.ni.a.ri.ga.to.u.go.
za.i.ma.shi.ta.

B: ああ、気にしないで。大したことじゃありませんから。

不用在意。只是小事一件。

aa./ki.ni.shi.na.i.de./ta.i.shi.ta.ko.to.jya.a.ri.ma.sen.ka.ra.

おかげさまで

托您的福

o.ka.ge.sa.ma.de.

說明

接受別人的道賀時,通常會以這句話回應對方,表達是托對方的福。

類句

どうも、どうも。

托福。

do.u.mo./do.u.mo.

會話

A: 最近、仕事はいかがですか?
さいきん　しごと

最近,工作如何呢?

sa.i.kin./shi.go.to.wa./i.ka.ga.de.su.ka.

B: おかげさまで、すべて 順 調 です。
じゅんちょう

托您的福,一切都很順利。

o.ka.ge.sa.ma.de./su.be.te.jyun.cho.u.de.su.

どういたしまして

不客氣

do.u.i.ta.shi.ma.shi.te.

説明

用於回應對方向自己道謝時，表達小事一件，舉手之勞，不用客氣的回應語。

類句

いえいえ。

哪裡哪裡。不會。

i.e.i.e.

會話

A: ご馳走様でした。ありがとうございます。

我吃飽了，謝謝你的招待。

go.chi.so.u.sa.ma.de.shi.ta./a.ri.ga.to.u.go.za.i.ma.su.

B: どういたしまして。

不客氣。

do.u.i.ta.shi.ma.shi.te.

申し訳ございません
もう わけ

深感抱歉

mo.u.shi.wa.ke.go.za.i.ma.sen.

説明

為了表達深切的歉意，或是向長輩或是上司、比自己地位高的人道歉時，所用的禮貌型道歉用語。相較於「すみません」、「ごめんなさい」，這句話更為慎重。

類句

ごめんなさい。
對不起。
go.men.na.sa.i.

すみません。
不好意思。
su.mi.ma.sen.

會話

A: 申し訳ございませんが、今回の同窓会は出席で
きないと思います。

雖然很抱歉，但是我想這次的同學會我是沒辦法出席了。

mo.u.shi.wa.ke.go.za.i.ma.sen.ga./kon.ka.i.no.do.u.so.u.ka.i.wa./
syu.sse.ki.de.ki.na.i.to.o.mo.i.ma.su.

B: 残念ですね。今度かならず一緒にいきましょう。

真可惜。下次一定要一起去喔。

zan.nen.de.su.ne./kon.do.ka.na.ra.zu.i.ssyo.ni./i.ki.ma.syo.u.

いつもお世話になりました

總是受您照顧

i.tsu.mo.o.se.wa.ni.na.ri.ma.shi.ta.

説明

「世話」這個字有受人照顧之意，日文中常用這句話表達接受對方的照顧，表示感謝之意。

類句

いろいろありがとう。

謝謝你幫我這麼多忙。

i.ro.i.ro.a.ri.ga.do.u.

會話

A:いつもお世話になりました。 心 よりお礼申し上げます。

一直以來，總是受您照顧。真的很感激你，謝謝你。

i.tsu.mo.o.se.wa.ni.na.ri.ma.shi.ta./ko.ko.ro.yo.ri.o.re.i.mo.u.shi.a.ge.ma.su.

B:いいえ、こちらこそ。

哪裡，彼此彼此。

i.i.e./ko.chi.ra.ko.so.

5 感謝、道歉

わざとじゃありません
我不是故意的
wa.za.to.ja.a.ri.ma.sen.

説明

「わざと」有「故意」的意思，這句可用在向對方道歉時表達為無心之過，祈求對方原諒的説法。

類句

わざとじゃなかった。
我不是故意的。
wa.za.to.ja.na.ka.tta.

そういうつもりじゃないんです。
我並沒有那個意思。
so.u.i.u.tsu.mo.ri.ja.na.in.de.su.

會話

A: ごめん、わざとじゃありません。

對不起，我不是故意的。

go.men./wa.za.to.ja.a.ri.ma.sen.

B: 大丈夫です。次からは気をつけてください。

不要緊。下次多留意一點就好。

da.i.jo.u.bu.de.su./tsu.gi.ka.ra.wa./ki.o.tsu.ke.te.ku.da.sa.i.

ありがたいです

很感激

a.ri.ga.ta.i.de.su.

説明

這句話可表達感激、道謝之意。

類句

感謝しています。

很感謝。

kan.sya.shi.te.i.ma.su.

會話

A: 今晩、一緒に晩ご飯を食べませんか。

今天晚上，要不要一起去吃晚餐。

kon.ban./i.ssyo.ni.ban.go.han.o./ta.be.ma.sen.ka.

B: お気持ちはありがたいのですが、他の予定がありま
して。

我很感激你的邀請，只是已經有約了。

o.ki.mo.chi.wa./a.ri.ga.ta.i.no.de.su.ga./ho.ka.no.yo.te.i.ga./a.ri.
ma.shi.te.

どうもご親切に
しんせつ

謝謝你的好意

do.u.mo.go.shin.se.tsu.ni.

説明

「親切」是指對方的好意，這句話是表達因為接受對方的好意，
しんせつ
而向對方表達謝意。

類句

どうもご丁寧に。
ていねい

謝謝你那麼親切。／你太客氣了。

do.u.mo.go.te.i.ne.i.ni.

會話

A: どうもご親切に。
しんせつ

謝謝你的好意。

do.u.mo.go.shin.se.tsu.ni.

B: いいえ、どういたしまして。

哪裡，不用客氣。

i.i.e./do.u.i.ta.shi.ma.shi.te.

お礼に
表達謝意
o.re.i.ni

説明

表達感謝之意的説法。

類句

お礼申し上げます。
感謝你
o.re.i.mo.u.shi.a.ge.ma.su.

會話

A: 山田さん、お礼に、よろしければ、食事でもいかがですか。

想向山田先生表達我的謝意，如果可以的話，想邀請你吃頓飯。

ya.ma.da.san./o.re.i.ni./yo.ro.shi.ke.re.ba./syo.ku.ji.de.mo.i.ka.ga.de.su.ka.

B: 気をつかわないでください。大したことじゃありませんから。

不用那麼客氣，那沒有什麼。

ki.o.tsu.ka.wa.na.i.de.ku.da.sa.i./ta.i.shi.ta.ko.to.ja.a.ri.ma.sen.ka.ra.

5 感謝、道歉

ご迷惑をおかけして

めいわく

造成困擾

go.me.i.wa.ku.o./o.ka.ke.shi.te.

説明

擔心造成他人困擾而感到抱歉，這是一種主動的道歉説法。

類句

お世話になる。

せ わ

承蒙您的幫助，深表謝意。

o.se.wa.ni.na.ru.

會話

A: ご迷惑をおかけして、申し訳ございませんでした。

めいわく　　　　　　　もう　わけ

造成你的困擾，我很抱歉。

go.me.i.wa.ku.o./o.ka.ke.shi.te./mo.u.shi.wa.ke.go.za.i.ma.sen.
de.shi.ta.

B: とんでもない。気にしないでください。

き

哪兒的話。不用在意。

don.de.mo.na.i./ki.ni.shi.na.i.de.ku.da.sa.i.

すきです

喜歡
su.ki.de.su.

説明

「すき」這個字可用表達對於人、事、物的喜愛。用於表達對人的喜愛時，還可以引伸有「愛」的意思。

類句

気に入ってる。
很中意
ki.ni.i.tte.ru.

會話

A: どんな映画が一番好きですか？

最喜歡的電影是哪種類型的？

don.na.e.i.ga.ga./i.chi.ban.su.ki.de.su.ka.

B: 面白い映画がすきです。

喜歡看有趣的電影。

o.mo.shi.ro.i.e.i.ga.ga.su.ki.de.su.

6 興趣、嗜好

とく い
得意
拿手的
to.ku.i.

説明

「得意」這個字有表達對某件事有自信、覺得自己很拿手的意思。

類句

おてのもの。
專長。
o.te.no.mo.no.

じょうず
上手。
拿手、高明。
jo.u.zu.

會話

わたし　　きみ　　　　えいご　とくい
A: 私 は、君みたいに英語が得意じゃない。

我的英文不像你那樣拿手。

wa.ta.shi.wa./ki.mi.mi.ta.i.ni.e.i.go.ga./to.ku.i.ja.na.i.

B: そんなことはないよ。

才沒有這種事。

kon.na.ko.to.wa.na.i.yo.

熱中しています
ねっちゅう

熱衷

ne.cchu.u.shi.te.i.ma.su.

説明

用於形容熱衷於某件事情上。

類句

夢中になってる。
むちゅう

熱衷。

mu.chu.u.ni.na.tte.ru.

會話

A: 彼はものごとに熱中するたちだよね。
かれ　　　　　　　　　　ねっちゅう

他很容易沈迷某件事。

ka.re.wa./mo.no.go.to.ni.ne.cchu.u.su.ru.ta.chi.da.yo.ne.

B: そうそう、最近、オンラインゲームに夢中なんだって。
　　　　　　さいきん　　　　　　　　　　　　　　むちゅう

真的，最近他正熱衷於線上遊戲。

so.u.so.u./sai.kin./on.ra.in.gee.mu.ni./mu.chu.u.nan.da.tte.

6 興趣、嗜好

大嫌いです
だいきらい

最不喜歡的

da.i.ki.ra.i.de.su.

説明

「嫌い」這個字是討厭的意思。對於不喜歡的人、事、物都可以
きら
用這句話來表達。

類句

嫌いです。
きら
不喜歡。
ki.ra.i.de.su.

會話

A: 苦手なものは何ですか？
にがて　　　　　なん
你最討厭的東西是什麼？
ni.ga.te.na.mo.no.wa./nan.de.su.ka.

B: ゴキブリです。私、ゴキブリが大嫌いです。
わたし　　　　　　　　だいきらい
蟑螂。我最討厭蟑螂了。
go.ki.bu.ri.de.su./wa.ta.shi./go.ki.bu.ri.ga./da.i.ki.ra.i.de.su.

趣味は何ですか？

你的嗜好是什麼？

syu.mi.wa./nan.de.su.ka.

説明

在與他人閒聊時，詢問他們平時的休閒活動、興趣嗜好時，可以用這個句子來表示。「趣味」這個字除了興趣、嗜好的意思之外，也有情趣、箇中精隨的意思。

會話

A: あなたの趣味は何ですか？

你的嗜好是什麼？

a.na.ta.no.syu.mi.wa./nan.de.su.ka.

B: 写真を撮ることです。あなたは？

我喜歡攝影。那你呢？

sya.shin.o./to.ru.ko.to.de.su./a.na.ta.wa.

A: わたしは生け花がすきです。

我喜歡插花。

wa.ta.shi.wa./i.ke.ba.na.ga.su.ki.de.su.

B: いい趣味ですね。

好棒的嗜好喔。

i.i.syu.mi.de.su.ne.

いつから習っていますか？

從什麼時候開始學的？

i.tsu.ka.ra.na.ra.tte.i.ma.su.ka.

説明

「習う」是指學習某件事情。當問他人的嗜好或是技能從何時開始學習，就可以用這句話。

會話

A: 音楽がすきですか？

你喜歡音樂嗎？

on.ga.ku.ga./su.ki.de.su.ka.

B: ええ、とてもすきですよ。特にバイオリンが得意です。

是啊，很喜歡。其中我最拿手的就是小提琴。

ee./to.te.mo.su.ki.de.su.yo./to.ku.ni.ba.i.o.rin.ga.to.ku.i.de.su.

A: そうですか。いつから習っていますか？

這樣啊，那你是從什麼時候開始學的？

so.u.de.su.ka./i.tsu.ka.ra.na.ra.tte.i.ma.su.ka.

B: 中学時代からです。

從中學時期就開始學的。

chu.u.ga.ku.ji.da.i.ka.ra.de.su.

どうですか？

怎麼樣？

do.u.de.su.ka.

説明

用於詢問對方意願、喜好。

類句

どう？
如何？
do.u.

いかがですか？
怎麼樣？
i.ka.ga.de.su.ka.

會話

A: あの楽団のコンサートが来月ありますよ。どうですか？いきませんか？

下個月那個樂團要辦演唱會了。要不要去？怎麼樣？

a.no.ga.ku.dan.no.kon.saa.to.ga./ra.i.ge.tsu.a.ri.ma.su.yo./do.u.de.su.ka./i.ki.ma.sen.ka.

B: いいですね。一緒に行きましょう。

好啊。一起去吧。

i.i.de.su.ne./i.ssyo.ni.i.ki.ma.syo.u.

どんなことをしますか？

做什麼事情呢？

don.na.ko.to.o./shi.ma.su.ka.

説明

用於詢問對方要做些哪些事情。

類句

何をしますか？

做些什麼事？

na.ni.o.shi.ma.su.ka.

會話

A: 最近、とても元気そうですね。

最近看起來精神很不錯。

sa.i.kin./to.te.mo.gen.ki.so.u.de.su.ne.

B: 私、先月からスポーツジムで運動していますから。

我從上個月開始就健身中心運動。

wa.ta.shi./sen.ge.tsu.ka.ra./su.poo.tsu.ji.mu.de.un.do.u.shi.
te.i.ma.su.ka.ra.

A: どんなことをしていますか？

都做些什麼呢？

don.na.ko.to.o./shi.te.i.ma.su.ka.

B: ヨガと水泳です。

瑜伽跟游泳。

yo.ga.to.su.i.e.i.de.su.

上手
じょう ず

很拿手

jo.u.zu.

説明

「上手」是指某件事做得很好，很擅長的意思。可用來稱讚他
じょう ず
人很會做某件事或是某項技能很傑出。

類句

得意。
とく い

拿手。

to.ku.i.

會話

A: 歌が 上手ですね。
うた　じょう ず

你歌唱的真好。

u.ta.ga./jyo.u.zu.de.su.ne.

B: いいえ、まだまだです。

哪裡，還好而已。

i.i.e./ma.da.ma.da.de.su.

そういえば
這麼説來／對了
so.u.i.e.ba.

説明

提起新話題時常用的接續詞。

類句

ちなみに。
順道一提。
chi.na.mi.ni.

會話

A: そういえば、このまえのテニスしようって約束ですが、どうですか？

對了，之前約好要一起去打網球，如何？

so.u.i.e.ba./ko.no.ma.e.no.te.ni.su.shi.yo.u.tte./ya.ku.so.ku.de.su.ga./do.u.de.su.ka.

B: いいですよ。この日曜日はよろしいですか？

好啊，這個星期天可以嗎？

i.i.de.su.yo./ko.no.ni.chi.yo.u.bi.wa./yo.ro.shi.i.de.su.ka.

苦手
にが て

不喜歡／不擅長

ni.ga.te.

説明

這個字可用來形容不拿手、不擅長的事情。此外，對於害怕的
人、事、物，像是不敢吃的東西等，都可以用這個字來形容。

類句

不得意。
ふ とく い

不擅長。

fu.to.ku.i.

會話

A: 実は、私、料理をつくるのは苦手です。
じつ　　わたし　りょう り　　　　　　　にが て

其實，我對於做菜這件事並不擅長。

ji.tsu.wa./wa.ta.shi./ryo.u.ri.o.tsu.ku.ru.no.wa./ni.ga.te.de.su.

B: 本当ですか？ぜんぜん見えません。
ほんとう　　　　　　　　　　　み

真的嗎？完全看不出來。

hon.to.u.de.su.ka./zen.zen.mi.e.ma.sen.

かなりはまってる

很入迷

ka.na.ri.ha.ma.tte.ru.

説明

熱衷某件事情的一種説法。

類句

熱中 している。

熱衷。

ne.cchu.shi.te.i.ru.

會話

A: 日本の漫画にかなりはまってるみたいですね。

你好像對日本漫畫很入迷。

ni.hon.no.man.ga.ni./ka.na.ri.ha.ma.tte.ru.mi.ta.i.de.su.ne.

B: ええ、とくに運動に関する漫画が大好きです。

是啊，尤其是最喜歡跟運動有關的。

ee./to.ku.ni.un.do.u.ni.kan.su.ru.man.ga.ga./da.i.su.ki.de.su.

なあなあ

隨意

na.a.na.a.

説明

形容某個人做事隨隨便便，懶散，敷衍了事樣子。

會話

A: あのひとはいつもなあなあでしごとしています。

那個人工作總是懶懶散散的。

a.no.hi.to.wa./i.tsu.mo.na.a.na.a.de.shi.go.to.shi.te.i.ma.su.

B: そうそう、悪い性格ですよね。

對啊，這種個性真的很差。

so.u.so.u./wa.ru.i.se.i.ka.ku.de.su.yo.ne.

會話

なあなあで済ませる。

敷衍了事。

na.a.na.a.de./su.ma.se.ru.

あっぷあっぷ

痛苦的狀態／非常困難

a.ppu.a.ppu.

説明

原意是指溺水時求救的樣子，有隱喻為非常困難的情況。

會話

A: 何かお困りですか？

有什麼煩惱嗎？

na.ni.ka./o.ko.ma.ri.de.su.ka.

B: ええ、経営悪化であっぷあっぷしているから、ちょっと心配です。

嗯，業績衰退面臨困難，真的有點擔心。

ee./ke.i.e.i.a.kka.de.a.ppu.a.ppu.shi.te.i.ru.ka.ra./cho.tto.shin.pa.i.de.su.

なかなか
非常、（不）容易
na.ka.na.ka.

説明

這個字有表達程度超乎自己所想像，相當於中文中「非常、相當」的意思，形容正反面的用法都有。再與他人對談時，表示認同對方所説得內容，回應時也利用這句話作為回應。

類句

かなり。
相當。
ka.na.ri.

ずいぶん。
相當。
zu.i.bun.

會話

A: 疲れた！この仕事はなかなか大変ですね。

好累喔！這份工作真的很不容易做。

tsu.ka.re.ta./ko.no.shi.go.to.wa./na.ka.na.ka.ta.i.hen.de.su.ne.

B: そうですか、お疲れ様でした。

這樣啊，辛苦你了。

so.u.de.su.ka./o.tsu.ka.re.sa.ma.de.shi.ta.

そろそろ
就要、時間差不多了
so.ro.so.ro.

説明

當自己覺得時間差不多，該結束某件事情時，或是達成結論時，口語上常直接以這句話表達。

類句

間もなく。
沒有多久。
ma.mo.na.ku.

會話

A: じゃ、そろそろ帰ります。

那麼，我們也該回去了。

ja./so.ro.so.ro.ka.e.ri.ma.su.

B: ああ～、もうこんな時間だ。

啊～，都這麼晚了。

aa./mo.u.kon.na.ji.kan.da.

ぴかぴか
閃閃發亮
pi.ka.pi.ka.

説明

形容閃閃發光而閃耀的樣子。

類句

ぴっかぴか
閃閃發光。
pi.kka.pi.ka.

ギラギラ
閃閃發亮。
gi.ra.gi.ra.

會話

A: 今夜の星はぴかぴか光っていますね。

今天晚上的夜空星光閃閃。

kon.ya.no.ho.shi.wa./pi.ka.pi.ka.hi.ka.tte.i.ma.su.ne.

B: そうですね、きれいですね。

是啊,好漂亮喔。

so.u.de.su.ne./ki.re.i.de.su.ne.

いろいろ
説來話長
i.ro.i.ro.

説明

原意為很多的意思，引申為與他人對話時，不知從何說起，或是一言難盡等情況，都可以這句話表達。

類句

あれこれと。
種種。
a.re.ko.re.to.

會話

A: 何かあったの？

發生什麼事了嗎？

na.ni.ka.a.tta.no.

B: いろいろね、いま言いたくないんだ。すみません。

説來話長，不好意思我現在不太想談。

i.ro.i.ro.ne./i.ma.i.i.ta.ku.na.in.da./su.mi.ma.sen.

きらきら

閃爍耀眼

ki.ra.ki.ra.

説明

形容光芒閃爍，讓人感到很美的樣子。常用於形容外表或是星光美麗耀人。

類句

またたく。
閃爍。
ma.ta.ta.ku.

まぶしい。
耀眼。
ma.bu.shi.i.

會話

▶ 彼女の目はきらきらと 輝 いて、 美 しいですね。

她的眼睛閃閃發光，好美喔。

ka.no.jyo.no.me.wa./ki.ra.ki.ra.to.ka.ga.ya.i.te./u.tsu.ku.shi.i.de.
su.ne.

▶ 空には星がきらきら光っていた。

夜空中星光閃爍耀眼。

so.ra.ni.wa./ho.shi.ga.ki.ra.ki.ra.hi.ka.tte.i.ta.

ぱりぱり、ばりばり

氣派、有權威、嶄新的

pa.ri.pa.ri./ba.ri.ba.ri.

説明

這句話常用來表達對方的外型、打扮等很有氣勢，或是稱讚對方所穿新衣的時候。

會話

▶ かっこいいね。今日、ぱりぱりの仕立ておろし。

真好看！今天的打扮好帥氣。

ka.kko.i.i.ne./kyo.u./pa.ri.pa.ri.no.shi.ta.te.o.ro.shi.

▶ 彼はばりばりの青年実業家みたいです。

他看起來是個才幹出眾的青年企業家。

ke.re.wa./ba.ri.ba.ri.no.se.i.nen.ji.tsu.gyo.u.ka.mi.ta.i.de.su.

ぎりぎり、大至急
だい　し　きゅう

極限、趕緊

gi.ri.gi.ri./da.i.shi.kyu.u.

説明

「ぎり」這個字本身的意思就是界限、極限。也是以疊字的表現方式強調瀕臨極限的意思。常用於形容時間來不及或是表達容許範圍時。

會話

▶ ぎりぎり間に合った。よかった。

剛好趕上了。好險。

gi.ri.gi.ri.ma.ni.a.tta./yo.ka.tta.

▶ この計画を大至急完成しなければならない。

必須趕緊完成這份計畫才行。

ko.no.ke.i.ka.ku.o./da.i.shi.kyu.u.kan.se.i.shi.na.ke.re.ba.na.ra.na.i.

じめじめ
潮濕／陰鬱
ji.me.ji.me.

説明

除了可以形容天氣潮濕令人感覺不舒服之外，另外也有形容人的個性陰沉、鬱鬱寡歡。

會話

A: ちょっといいですか？

現在方便嗎？

cho.tto.i.i.de.su.ka.

B: いいですけど、もうじめじめした 話 はやめてくれ。

方便是方便啦，不過不要再説些令人心情鬱悶的話了。

i.i.de.su.ke.do./mo.u.ji.me.ji.me.shi.ta.ha.na.shi.wa./ya.me.te.ku.re.

會話

▶ 天気予報によると、じめじめした天気が続くそうです。

依照天氣預報所説的，似乎這種潮濕的天氣還要持續下去。

ten.ki.yo.ho.u.ni.yo.ru.to./ji.me.ji.me.shi.ta.ten.ki.ga./tsu.du.ku.so.u.de.su.

さくさく

酥酥脆脆

sa.ku.sa.ku.

説明

這是個擬聲語，讀讀看就可以發現很像咬到酥脆物發出的聲音，日文中也有不少這類的擬聲擬態語。

會話

A: このせんべいはさくさくしている。

這個煎餅真的酥酥脆脆的。

ko.no.sen.be.i.wa./sa.ku.sa.ku.shi.te.i.ru.

B: ええ、おいしいですね。

對啊，好好吃喔。

ee./o.i.shi.i.de.su.ne.

會話

A: 何が食べたいですか？

想吃什麼？

na.ni.ga./ta.be.ta.i.de.su.ka.

B: さくっと揚がったコロッケを食べたいです。

我想吃炸的酥酥脆脆的可樂餅。

sa.ku.tto.a.ga.tta.ko.ro.kke.o./ta.be.ta.i.de.su.

わざわざ

特意

wa.za.wa.za.

説明

表達出特意去做某些事，並不是順便或是隨手之勞。當感謝對方特意幫忙時，就可以用這句話。

會話

A: わざわざ悪いね。

這麼麻煩你真的很抱歉。

wa.za.wa.za.wa.ru.i.

B: いいえ、別に。

不會啦，這沒什麼。

i.i.e./be.tsu.ni.

會話

▶ こんな美味しい料理をわざわざ私のために作ってくださって、本当にありがとう。

特別為我準備這麼美味的菜餚，真的很謝謝你。

kon.na.o.i.shi.i.ryo.u.ri.o/wa.za.wa.za.wa.ta.shi.no.ta.me.ni.tsu.ku.tte.ku.da.sa.tte./hon.to.u.ni.a.ri.ga.to.u.

飲食
Part 2
生活
篇

予約したいです
よやく

我想要預約

yo.ya.ku.shi.ta.i.de.su.

説明

這句話可用於預約餐廳或是飯店時常見的説法。「たい」是想做
什麼的意思，接在動詞後面表示想做那個動詞的動作。

會話

A: すみませんが、今晩の席を予約したいんですが。

不好意思，我想要預約今天晚上的位子。

su.mi.ma.sen.ga./kon.ban.no.se.ki.o./yo.ya.ku.shi.ta.in.de.su.ga.

B: はい、少々お待ちください。何名様ですか？

好的，請稍等一下。請問有幾位？

ha.i./syo.u.syo.u.o.ma.chi.ku.da.sa.i./nan.me.i.sa.ma.de.su.ka.

A: 二人です。
ふたり

有兩個人。

fu.ta.ri.de.su.

B: かしこまりました。

我瞭解了。

ka.shi.ko.ma.ri.ma.shi.ta.

何名様ですか？
なんめいさま

請問有幾位？

nan.me.i.sa.ma.de.su.ka.

説明

用於詢問預約座位或是飯店住宿時，預約客人人數的説法。加上
「様」有表達尊敬的含意，屬於禮貌型的問法。
さま

類句

何人ですか？
なんにん

有幾個人？

nan.nin.de.su.ka.

會話

A:いらっしゃいませ！何名様ですか？
なんめいさま

　　歡迎光臨。請問有幾位？

　　i.ra.ssya.i.ma.se./nan.me.i.sa.ma.de.su.ka.

B:四人です。
よんにん

　　四位。

　　yon.nin.de.su.

A:はい、こちらへどうぞ。

　　好的，這裡請。

　　ha.i./ko.chi.ra.he.do.u.zo.

かしこまりました
明白了／好的
ka.shi.ko.ma.ri.ma.shi.ta.

説明

通常用於對在上位的人或是長輩，以及客人有所指示或委託時，表達已經瞭解指示內容並承諾會確實執行的意思。在對話中，可以翻譯為「明白了」、「知道了」或是「好的」等。

類句

わかりました。

知道了。

wa.ka.ri.ma.shi.ta.

しょうち
承 知しました。

知道了。

syo.u.chi.shi.ma.shi.ta.

りょうかい
了 解しました。

瞭解了。

ryo.u.ka.i.shi.ma.shi.ta.

會話

A: これを包んでもらえませんか？

可以幫我打包這些嗎？

ko.re.o./tsu.tsun.de.mo.ra.e.ma.sen.ka.

B: かしこまりました。少 々お待ちください。

好的。請稍等。

ka.shi.ko.ma.ri.ma.shi.ta./syo.u.syo.u.o.ma.chi.ku.da.sa.i.

禁煙席がありますか？
きんえんせき

有禁煙座位嗎？

kin.en.se.ki.ga./a.ri.ma.su.ka.

説明

在日本，在室內空間仍然可以吸煙，但會另外分區，所以訂位的時候可以跟店家詢問或是指定要在禁止吸煙的座位用餐。

會話

A: あの、予約したいんですが、禁煙席はありますか？
よやく　　　　　　　　　　　きんえんせき

那個，我想要預約，請問還有禁煙的位子嗎。

a.no./yo.ya.ku.shi.ta.in.de.su.ga./kin.en.se.ki.wa./a.ri.ma.su.ka.

B: すみません、禁煙席はもう満席です。
きんえんせき　　　　まんせき

不好意思，禁煙的座位都已經客滿了。

su.mi.ma.sen./ki.en.se.ki.wa./mo.u.man.se.ki.de.su.

1 外食、點餐

ご注文は？
ちゅうもん

想點些什麼？

go.chu.u.mon.wa.

説明

服務生要為顧客點菜時，其中的一種説法。「注文」是指定某
種商品、數量、價格等內容，除了點菜之外，像是訂購商品也可
以用到這句話。

類句

ご注文をうかがってもよろしいですか？

可以幫您點菜了嗎？

go.cyu.u.mon.o./u.ka.ga.tte.mo.yo.ro.shi.i.de.su.ka.

會話

A: すみません、ご注文は？

　　不好意思，請問想點些什麼？

　　su.mi.ma.sen./go.chu.u.mon.wa.

B: あの、Aセット一つとBセット二つお願いします。

　　那個，麻煩你我要一份A餐跟兩份B餐。

　　a.no./e.se.tto.hi.to.tsu.to.bi.se.tto.fu.ta.tsu./o.ne.ga.i.shi.ma.su.

今日のおすすめは何ですか？

今天的推薦菜單是什麼？

kyo.u.no.o.su.su.me.wa./nan.de.su.ka.

説明

如果是第一次去的餐廳，或是不知道該點什麼菜時，就可以用這句話詢問同行的朋友或是店員，有沒有推薦的招牌菜，當然，如果是其他店家也同樣可以用這句話詢問，有哪些值得推薦的商品。

會話

A: すみません。

不好意思。

su.mi.ma.sen.

B: はい、ご注文は？

是的，請問要點些什麼？

ha.i./go.chu.u.mon.wa.

A: 今日のおすすめは何ですか？

今天的推薦菜單是什麼？

kyo.u.no.o.su.su.me.wa./nan.de.su.ka.

B: 本日のスペシャルセットは、いかがですか。

今天我們有特餐，不妨可以嚐看看。

hon.ji.tsu.no.su.pe.sya.ru.se.tto.wa./i.ka.ga.de.su.ka.

お腹がぺこぺこ
肚子餓扁了
o.na.ka.ga./pe.ko.pe.ko.

説明

「ぺこぺこ」是形容空空扁扁的樣子，這句話是用來表現肚子非常餓的樣子。

類句

お腹がすいた。
肚子餓了。
o.na.ka.ga./su.i.ta.

會話

A: お腹がぺこぺこですから、一緒に何か食べに行きませんか。

我肚子餓扁了，要不要一起去吃點東西。

o.na.ka.ga.pe.ko.pe.ko.de.su.ka.ra./i.ssyo.ni./na.ni.ka.ta.be.ni./i.ki.ma.sen.ka.

B: いいですよ。実は 私 もお腹が減っています。

好啊。其實我也蠻餓了。

i.i.de.su.yo./ji.tsu.wa./wa.ta.shi.mo./o.na.ka.ga.he.tte.i.ma.su.

コーヒーをお願いします

請給我咖啡

koo.hii.o./o.ne.ga.i.shi.ma.su.

説明

「〜をお願いします」是表達請給我什麼的意思。是相當廣泛的用法。

類句

コーヒーをください。

請給我咖啡。

koo.hii.o./ku.da.sa.i.

會話

A: すみません、コーヒーをお願いします。

不好意思，請給我咖啡。

su.mi.ma.sen./koo.hii.o./o.ne.ga.i.shi.ma.su.

B: どんなコーヒーがよろしいですか？

什麼口味的呢？

don.na.koo.hii.ga.yo.ro.shi.i.de.su.ka.

A: ブラックコーヒー。

我要黑咖啡。

bu.ra.kku.koo.hii.

B: かしこまりました。

好的。

ka.shi.ko.ma.ri.ma.shi.ta.

1 外食、點餐

私 のおごりです
わたし

我請客

wa.ta.shi.no.o.go.ri.de.su.

説明

「おごり」有請客、作東的意思。在吃飯之前可以先跟朋友説明
這次是由自己請客，這樣也不會造成結帳時的困擾。

類句

わたしがおごります。

我來請客。

wa.ta.shi.ga./o.go.ri.ma.su.

會話

A: 今夜は 私 のおごりです。
　　こんや　わたし

今天晚上我請客喔。

kon.ya.wa./wa.ta.shi.no.o.go.ri.de.su.

B: 本当ですか？じゃ、今度は 私 がおごります。
　　ほんとう　　　　　こんど　わたし

真的嗎？那麼，下次就換我來請客。

hon.to.u.de.su.ka./ja./kon.do.wa./wa.ta.shi.ga.o.go.ri.ma.su.

お勘定 お願いします
請幫我結帳
o.kan.jyo.u./o.ne.ga.i.shi.ma.su.

説明

「勘定」是結帳的意思，此外，「会計」、「計算」也可以作為結帳的其他説法。

類句

会計します。
結帳。
ka.i.ke.i.shi.ma.su.

お会計おねがいします。
麻煩你結帳。
o.ka.i.ke.i.o.ne.ga.i.shi.ma.su.

會話

A: すみません、お勘定 お願いします。カードは使えますか？

不好意思，麻煩你幫我結帳。可以刷卡嗎？

su.mi.ma.sen./o.kan.jyo.u.o.ne.ga.i.shi.ma.su./kaa.do.wa.tsu.ka.e.ma.su.ka.

B: はい、大丈夫です。

可以的，沒問題。

ha.i./da.i.jo.u.bu.de.su.

1 外食、點餐

割り勘でいきましょう！
わ　かん

各付各的的吧！

wa.ri.kan.de./i.ki.ma.syo.u.

説明

朋友聚餐時，大多還是以各付各的為主，彼此也比較沒負擔，在表達付款方式時，就可以用到這句話。

類句

割り勘にしようよ。
わ　かん

各付各的。

wa.ri.kan.ni.shi.yo.u.yo.

會話

A: 今回は割り勘でいきましょう！
こんかい　　　わ　かん

這次就各付各的吧！

kon.ka.i.wa./wa.ri.kan.de./i.ki.ma.syo.u.

B: いいよ、そうしましょう。

好啊，就這樣吧。

i.i.yo./so.u.shi.ma.syo.u.

どのくらい待^まちますか？

大約要等多久？

do.no.ku.ra.i.ma.chi.ma.su.ka.

説明

詢問需要等待多少時間時，可以這麼説。「どのくらい」有大約
多少的意思，也可以用「どれくらい」來作為問句。

會話

A: あの、今^{いま}ちょうど満席^{まんせき}ですが。

現在剛好客滿了。

a.no./i.ma.cho.u.do.man.se.ki.de.su.ga.

B: どのくらい待^まちますか？

那大約要等多久？

do.no.ku.ra.i.ma.chi.ma.su.ka.

A: たぶん３０分^{さんじゅっぷん}ぐらいだと思^{おも}いますが、よろしいで
すか？

大約30分鐘左右，可以嗎？

ta.bun.san.ju.ppun.gu.ra.i.da.to.o.mo.i.ma.su.ga./yo.ro.shi.i.de.
su.ka.

B: ええ、大丈夫^{だいじょうぶ}です。

嗯，沒關係。

ee./da.i.jo.u.bu.de.su.

1 外食、點餐

いちばんにんき
一番人気なのはなんですか？

最受歡迎的是什麼？

i.chi.ban.nin.ki.na.no.wa./nan.de.su.ka.

説明

「人気」有受歡迎的含意，現在這個漢字也常出現在中文中，表示最為消費者接受，買氣旺的商品。

類句

にんき　　　　　　なん
人気があるのは何ですか？

最有人氣的是什麼？

nin.ki.ga.a.ru.no.wa./nan.de.su.ka.

會話

A: この店の一番人気なのはなんですか？

這間店裡最受歡迎的是什麼？

ko.no.mi.se.no.i.chi.ban.nin.ki.na.no.wa./nan.de.su.ka.

B: とんかつです。とてもうまいです。

是炸豬排。很好吃喔。

ton.ka.tsu.de.su./to.te.mo.u.ma.i.de.su.

ご馳走様でした

我吃飽了／謝謝招待

go.chi.so.u.sa.ma.de.shi.ta.

説明

用餐結束後，都會説這句話，除了有吃飽了的意思，也是表達對
主人招待的感謝。

類句

ご馳走様。

謝謝招待。

go.chi.so.u.sa.ma.

會話

A: ご馳走様でした。

我吃飽了。

go.chi.so.u.sa.ma.de.shi.ta.

B: お口に合いましたか？

還合你的口味嗎？

o.ku.chi.ni.a.i.ma.shi.ta.ka.

A: ええ、とてもおいしかったです。

嗯，很好吃呢。

ee./to.te.mo.o.i.shi.ka.tta.de.su.

同じのを一つください
おな　　　　　　ひと

請給我一樣的東西

o.na.ji.no.o./hi.to.tsu.ku.da.sa.i.

説明

「同じ」是一模一樣的、同樣的意思，點餐時如果要點的跟其他
おな
友人相同，就可以用到這句。

類句

同じものをください。
おな

請給我一樣的。

o.na.ji.mo.no.o./ku.da.sa.i.

會話

A: 私、ステーキセットお願いします。
　　わたし　　　　　　　　　　　　ねが

　　請給我牛排套餐。

　　wa.ta.shi./su.tee.ki.se.tto.o.ne.ga.i.shi.ma.su.

B: じゃ、私も彼と同じのをください。
　　　　　わたし　かれ　おな

　　那麼，也請給我跟他一樣的。

　　ja./wa.ta.shi.mo.ka.re.to.o.na.ji.no.o.ku.da.sa.i.

お腹が一杯になりました

太飽了

o.na.ka.ga./i.ppa.i.ni.na.ri.ma.shi.ta.

説明

「～になりました」是指形成某種狀態，到了某種程度的意思。
這句話是表示肚子已經是要到滿出來的情況，用來表達已經太飽
了。

類句

もう十分です。

已經夠了。

mo.u.ju.u.bun.de.su.

會話

A:いっしょに食事にいきませんか？

要一起去吃飯嗎？

i.ssyo.ni.syo.ku.ji.ni./i.ki.ma.sen.ka.

B:すみません。今お腹が一杯なので、食べられません。

不用，我也經吃飽了。真的吃不下了。

su.mi.ma.sen./i.ma.o.na.ka.ga.i.ppa.i.na.no.de./ta.be.ra.re.ma.sen.

これはちょっと…

這個嗎？有點……
ko.re.wa.cho.tto.

説明

「ちょっと」這個字可以用來表達有點為難，因此可以引申為不敢做的事或是不敢吃東西，都可以用這個説法。

類句

これが苦手です。
這個我不敢吃。
ko.re.ga.ni.ga.te.de.su.

會話

A: この刺身をどうぞ。

這個生魚片請嚐嚐看。

ko.no.sa.shi.mi.o./do.u.zo.

B: すみません。これはちょっと…。わたし、刺身が苦手ですから。

不好意思。這個嗎？有點……。因為我不敢吃生魚片。

su.mi.ma.sen./ko.re.wa.cho.tto./wa.ta.shi./sa.shi.mi.ga.ni.ga.
te.de.su.ka.ra.

ジュースをコーラに替えられますか？

果汁能換成可樂嗎？

juu.su.o.koo.ra.ni.ka.e.ra.re.ma.su.ka.

説明

當在餐廳用餐時，套餐的附餐通常可以選擇，如果原本附餐的飲料或是前菜等，是自己不喜歡的，就可以用「～に替えられますか」詢問是否可以替換成其他東西。

會話

A: お飲み物はジュースでよろしいですか？

飲料的話果汁可以嗎？

o.no.mi.mo.no.wa./juu.su.de.yo.ro.shi.i.de.su.ka.

B: ええと、ジュースをコーラに替えられますか？

請問，果汁可以換成可樂嗎？

e.e.to./juu.su.o.koo.ra.ni.ka.e.ra.re.ma.su.ka.

お支払いはどこですか？

請問要在哪裡結帳？

o.shi.ha.ra.i.wa./do.ko.de.su.ka.

説明

「支払い」是付款的意思，詢問要在哪裡付款，也就是要在哪裡結帳的意思。

類句

レジはどこですか？

結帳櫃台在哪裡？

re.ji.wa./do.ko.de.su.ka.

會話

A: すみません、お支払いはどこですか？

不好意思，請問要在哪裡結帳？

su.mi.ma.sen./o.shi.ha.ra.i.wa./do.ko.de.su.ka.

B: あそこです。まっすぐいくと見えます。

在那裡。一直走就可以看到了。

a.so.ko.de.su./ma.ssu.gu.i.ku.to.mi.e.ma.su.

結構です
けっこう

夠了／不用了

ke.kko.u.de.su.

説明

「結構」在這裡是表達滿足的狀態，也就是說已經足夠了的意
けっこう
思。如果回答「結構です」就有表達「可以了」、「不用了」的
けっこう
意思。

類句

いいです。

好的／可以了。

i.i.de.su.

會話

A: コーヒーおつぎしましょう？

請問咖啡要續杯嗎？

koo.hii.o.tsu.gi.shi.ma.syo.u.

B: いいえ、結構です。
けっこう

不用了。

i.i.e./ke.kko.u.de.su.

メニューを見せてください

請讓我看一下菜單

me.nyuu.o.mi.se.te.ku.da.sa.i.

説明

一開始要點菜時,或是中途需要加點時,要請服務生拿菜單過來時,便可以用到這句話。

類句

メニューをおねがいします。

請給我菜單。

me.nyuu.o./o.ne.ga.i.shi.ma.su.

會話

A: すみません、メニューを見せてください。

不好意思,可以讓我看一下菜單嗎。

su.mi.ma.sen./me.nyuu.o./mi.se.te.ku.da.sa.i.

B: はい、どうぞ。お待たせいたしました。

好的,請。讓你久等了。

ha.i./do.u.zo./o.ma.ta.se.i.ta.shi.ma.shi.ta.

どんな料理が作れますか？

你會做什麼菜呢？

don.na.ryo.u.ri.ga./tsu.ku.re.ma.su.ka.

説明

「料理」可以是指做菜、烹調食物，也可以是説飯菜。詢問對方會做什麼料理時，就可以用到這句話。

類句

どんな料理ができますか？

會做什麼樣的料理？

don.nan.ryo.u.ri.ga./de.ki.ma.su.ka.

會話

A: どんな料理が作れますか？

會做什麼菜呢？

don.na.ryo.u.ri.ga./tsu.ku.re.ma.su.ka.

B: 日本料理がつくれます。

我會做日本菜。

ni.hon.ryo.u.ri.ga./tsu.ku.re.ma.su.

2 料理

味はどう？

味道如何？

a.ji.wa./do.u.

説明

用在問對方覺得食物口味如何？

類句

味はどうですか？

味道如何？

a.ji.wa./do.u.de.su.ka.

會話

A: この味噌汁の味はどう？

這個味噌湯口味如何？

ko.no.mi.so.shi.ru.no.a.ji.wa./do.u.

B: ちょっとしょっぱいから、もうすこしお湯をいれた
   ら、おいしくなると思うよ。

是有一點鹹，如果可以加點熱水應該會更好。

cho.tto.syo.ppa.i.ka.ra./mo.u.su.ko.shi.o.yu.o.i.re.ta.ra./o.i.shi.
ku.na.ru.to.o.mo.u.yo.

ちょっとしょっぱいね

有點鹹

cho.tto.syo.ppa.i.ne.

説明

形容口味過鹹。

類句

塩味が濃い。

鹽味過重。

shi.o.a.ji.ga./ko.i.

會話

A: この料理法は　醤油をいっぱいいれるから、ちょっとしょっぱいね。

這個烹調方式因為會加入很多醬油，可能會有點過鹹。

ko.no.ryo.u.ri.ho.u.wa./syo.u.yu.o./i.ppa.i.i.re.ru.ka.ra./cho.tto.syo.ppa.i.ne.

B: 本当だ。健康によくないね。

真的。對身體來説不是很健康的烹調方式。

hon.to.u.da./ken.ko.u.ni.yo.ku.na.i.ne.

辛いのは大好きです

最喜歡口味辣的食物

ka.ra.i.no.wa./da.i.su.ki.de.su.

説明

「～大好きです」用來説明自己最喜歡的人、事、物等都適用。

會話

A: わたし、韓国料理がすきです。

我喜歡吃韓國菜。

wa.ta.shi./kan.ko.ku.ryo.u.ri.ga./su.ki.de.su.

B: どうしてですか？

為什麼？

do.u.shi.te.de.su.ka.

A: 辛いのが大好きですから。

因為我喜歡吃口味辣的食物。

ka.ra.i.no.ga./da.i.su.ki.de.su.ka.ra.

B: そうですか。

原來是這樣。

so.u.de.su.ka.

うまいです
好吃／好厲害
u.ma.i.de.su.

説明

「うまい」除了是形容東西好吃之外，另外亦有形容某件事做得好或是技能很高明的用法。

類句

おいしいです。
好吃。
o.i.shi.i.de.su.

會話

A: わあ～、いいにおいですね。食べたいな。
哇！好香喔。真想吃吃看。
wa.a./i.i.ni.o.i.de.su.ne./ta.be.ta.i.na.

B: どうぞ。
請用。
do.u.zo.

A: やっぱり、うまいです。
果然，真的很好吃。
ya.ppa.ri./u.ma.i.de.su.

時間かかりそうね
じ かん

要花點時間

ji.kan.ka.ka.ri.so.u.ne.

説明

這句話用來表達可能需要花費一些時間等待或是完成某件事情。
「かかり」除了可以用來説明花費時間之外，花費金錢也是用
「かかり」這個字。

會話

A: 食材を煮込むには時間かかりそうね。
しょくざい に こ じ かん

燉煮食物需要花點時間。

syo.ku.za.i.o./ni.ko.mu.ni.wa./ji.kan.ka.ka.ri.so.u.ne.

B: うん、でも煮込んだものは味が濃いです。おいしいです。
に こ あじ こ

嗯，不過燉煮的菜餚口感濃厚。很美味。

un./de.mo.ni.kon.da.mo.no.wa./a.ji.ga.ko.i.de.su./o.i.shi.i.de.su.

味付けが上手です
あじつ　　　　じょうず

擅長調味

a.ji.tsu.ke.ga./jo.u.zu.de.su.

説明

「上手」是形容一個人手段高明，某項技能出眾，含意上與
「うまい」相近。相反詞「下手」則是表示笨拙、不高明的意
思，這兩個漢字相當有趣，既能充分表達出單字本身的含意，單
從漢字本身也能表現出對比。

類句

味付けがうまいです。
很會調味。
a.ji.tsu.ke.ga./u.ma.i.de.su.

會話

A: お母さんは料理が得意ですか？
   你母親很擅長做菜嗎？
   o.ka.a.san.wa./ryo.u.ri.ga./to.ku.i.de.su.ka.

B: ええ、特に味付けが上手です。
   對啊，特別是擅長調味。
   ee./to.ku.ni.a.ji.tsu.ke.ga./jo.u.zu.de.su.

2 料理

味加減が悪い

味道不好

a.ji.ka.gen.ga./wa.ru.i.

説明

形容口味味道不佳。

類句

味がよくない。

口味不好。

a.ji.ga./yo.ku.na.i.

會話

A: しまった！今日のスープは味加減が悪いな。

糟了！今天的湯的味道煮壞了。

shi.ma.tta./kyo.u.no.suu.pu.wa./a.ji.ka.gen.ga.wa.ru.i.na.

B: 心配しないで、調味料を少しいれれば、おいしくなるかもしれません。

不用擔心，在稍微調味一下說不定就可以改善了。

shin.ba.i.shi.na.i.de./cho.u.mi.ryo.u.o.su.ko.shi.i.re.re.ba./o.i.shi.ku.na.ru.ka.mo.shi.re.ma.sen.

私が作ります

私 が作ります

我來下廚

wa.ta.shi.ga./tsu.ku.ri.ma.su.

説明

這句話是用來表達要自己下廚的意思。

類句

わたしが 料 理をつくります。

由我來做菜。

wa.ta.shi.ga./ryo.u.ri.o.tsu.ku.ri.ma.su.

會話

A: いま、何をしていますか？

你現在在做什麼？

i.ma./na.ni.o./shi.te.i.ma.su.ka.

B: えっと、今、料 理を作っています。きょうはわたしの番で
すから。

這個嘛，我正要下廚做飯。今天輪到我了。

e.tto./i.ma./ryo.u.ri.o.tsu.ku.tte.i.ma.su./kyo.u.wa./wa.ta.shi.
no.ba.n.de.su.ka.ra.

用意できました

準備好了

yo.u.i.de.ki.ma.shi.ta.

説明

用於表達準備工作已經完成。

類句

準備できました。

準備好了。

jun.bi.de.ki.ma.shi.ta.

會話

A: 食材はすべて用意できました。

食材全都準備好了。

yo.ku.za.i.wa./su.be.te.yo.u.i.de.ki.ma.shi.ta.

B: じゃ、今からはじめましょう。ご馳走を楽しみましょう。

那麼，現在就開始吧。來享受一頓豪華大餐吧。

ja./i.ma.ka.ra.ha.ji.me.ma.syo.u./go.chi.so.u.o./ta.no.shi.mi.ma.
syo.u.

いい匂いです

好香

i.i.ni.o.i.de.su.

説明

「匂い」是指味道，但若是沒有特別形容，通常是指不良的味道。

會話

A: いま何を食べてるの？とてもいいにおいですね。

你正在吃什麼？真的好香喔。

i.ma./na.ni.o.ta.be.te.ru.no./to.te.mo.i.i.ni.o.i.de.su.ne.

B: どうぞ。これはおふくろの手作りパンです。

請用。這是我媽媽做的手工蛋糕。

do.u.zo./ko.re.wa./o.fu.ku.ro.no.te.du.ku.ri.pan.de.su.

A: すごいですね。

好厲害喔。

su.go.i.de.su.ne.

手作りです
てづく

手工作的

te.du.ku.ri.de.su.

説明

「手作り」這個字就如同漢字字面含意，是手做出來的，現在這
てづく
個漢字也相當廣泛被運用在商品名稱以及行銷廣告中。

會話

A: いまの人気商品の特色はほどんとが手作りであ
にんき しょうひん とくしょく てづく
ることです。

現在的人氣商品的特色幾乎都是強調手工作的。

i.ma.no.nin.ki.syo.u.hin.no.to.ku.syo.ku.wa./ho.don.to.ga.te.du.
ku.ri.de.a.ru.ko.to.de.su.

B: それ以外に、やすいかどうかも大切なことだとお
いがい たいせつ
もいます。

除此之外，價格便宜與否也是很重要的關鍵。

so.re.i.ga.i.ni./ya.su.i.ka.do.u.ka.mo./ta.i.se.tsu.na.ko.to.da.to./
o.mo.i.ma.su.

とりあえず

總之

to.ri.a.e.zu.

説明

是指在眾多選項中首要的、優先考量的意思。常用於會話一開始，作為提起話題的接續語。

類句

まずは。
首先。
ma.zu.wa.

會話

A: 実はわたし 料理に自信がないです。

坦白説對做菜並不是很有自信。

ji.tsu.wa./wa.ta.shi.ryo.u.ri.ni.ji.shin.ga./na.i.de.su.

B: 心配しないで。とりあえず、食材を準備する
ことからはじめましょう。

不用想太多。總之，先從準備食材這件事開始吧。

shin.pa.i.shi.na.i.de./to.ri.a.e.zu./syo.ku.za.i.o.jun.bi.su.ru.ko.
to.ka.ra./ha.ji.me.ma.syo.u.

どうやって

該怎麼做

do.u.ya.tte.

説明

大多用於詢問要如何達到目的的內容或方法。

類句

どのようにして。

如何。

do.no.yo.u.ni.shi.te.

會話

A: これはどうやって食べるのですか？

這個該怎麼吃才對？

ko.re.wa./do.u.ya.tte./ta.be.ru.no.de.su.ka.

B: 知らないの？

你不知道嗎？

shi.ra.na.i.no.

A: ええ、はじめてですから。

嗯，我是第一次吃。

ee./ha.ji.me.te.de.su.ka.ra.

B: じゃ、やりかたを教えるね。

那麼，我來教你吧。

ja./ya.ri.ka.ta.o./o.shi.e.ru.ne.

くちにあう

合口味

ku.chi.ni.a.u.

説明

詢問對方食物是否合口味時的説法。

會話

A: 味はどうですか？

口味還可以嗎？

a.ji.wa./do.u.de.su.ka.

B: おいしいです。

很好吃。

o.i.shi.i.de.su.

A: くちにあってよかった。

能合你的口味真的太好了。

ku.chi.ni.a.tte.yo.ka.tta.

あなたもできる！日本語会話帳

購物 篇

Part 3

この割引券が使えますか？

這個折價券還可以用嗎？

ko.no.wa.ri.bi.ki.ken.ga./tsu.ka.e.ma.su.ka.

説明

在日本購物有很多地方都會有折扣券或是優惠券，如果剛好手上有的話，結帳時就能利用這句話詢問是否可以使用。

類句

このクーポンは使えますか？
這個優惠券還能使用嗎？
ko.no.kuu.ponn.wa./tsu.ka.e.ma.su.ka.

この割引券はまだ有効ですか？
這個折價券還有效嗎？
ko.no.ea.ri.bi.ki.ken.wa./ma.da.yu.u.ko.u.de.su.ka.

會話

A: すみません、この割引券は使えますか。

不好意思，請問這個折價券還可以使用嗎？

su.mi.ma.sen./ko.no.wa.ri.bi.ki.ken.wa./tsu.ka.e.ma.su.ka.

B: 使えますよ。

還可以用喔。

tsu.ka.e.ma.su.yo.

メンバーズカードはお持ちですか？

請問有會員卡嗎？

men.baa.zu.kaa.do.wa./o.mo.chi.de.su.ka.

説明

最常聽到這句話就是在商店結帳時，店員會先向你確認有沒有會員卡，是否需要提供會員優惠，如果有的話，就可以直接回答「はい、あります」。

類句

会員カードはお持ちですか？

請問有會員卡嗎？

ka.i.in.kaa.do.wa./o.mo.chi.de.su.ka.

會話

A: お客様、メンバーズカードはお持ちですか。

請問客人您有會員卡嗎？

o.kya.ku.sa.ma./men.baa.zu.kaa.do.wa./o.mo.chi.de.su.ka.

B: いいえ、ありません。

沒有。

i.i.e./a.ri.ma.sen.

領収書をください

請給我收據

ryo.u.syu.u.syo.o./ku.da.sa.i

説明

「領収書」在日本是指收據，發票是「レシート」，兩者有點不同，不過日本的發票是不能對獎的。

類句

レシートください。

請給我發票。

re.shii.to.ku.da.sa.i.

會話

A: 全部でおいくらですか。

一共是多少錢？

zen.bu.de.o.i.ku.ra.de.ka.

B: ちょうど千円でございます。現金でお支払いですか？

剛好一千日圓。請問是付現嗎？

cho.u.do.sen.en.de.go.za.i.ma.su./gen.kin.de.o.shi.ha.ra.i.de.su.ka.

A: ええ、領収書をください。

是的，麻煩你給我收據。

ee.ryo.u.syu.u.syo.o./ku.da.sa.i.

B: かしこまりました。こちら領収書です。

沒問題。這是您的收據。

ka.shi.ko.ma.ri.ma.shi.ta./ko.chi.ra./ryo.u.syu.u.syo.de.su.

別々に包装してください
べつべつ　　　ほうそう

請幫我分開包裝

be.tsu.be.tsu.ni./ho.u.so.u.shi.te.ku.da.sa.i.

説明

「別々に」是請對方分開處理的意思，所以除了包裝時可能會用
べつべつ
到這個字，結帳或是裝袋時也都可以利用這個説法。

類句

別々に　袋に入れてくださいますか？
べつべつ　ふくろ　い

可以幫我分裝在不同袋子中嗎？

be.tsu.be.tsu.ni./fu.ku.ro.ni.i.re.te.ku.da.sa.i.ma.su.ka.

會話

A: すみません、別々に包装してください。
　　　　　　　　べつべつ　ほうそう

不好意思，請幫我分開包裝。

su.mi.ma.sen./be.tsu.be.tsu.ni.ho.u.so.u.shi.te.ku.da.sa.i.

B: はい、お会計も別々でございますか？
　　　かいけい　べつべつ

好的，那也要分開結帳嗎？

ha.i./o.ka.i.ke.i.mo./be.tsu.be.tsu.de.go.za.i.ma.su.ka.

1 超級市場、便利商店

カードで支払^{しはら}いができますか？

可以刷卡嗎？

kaa.do.de.shi.ha.ra.i.ga./de.ki.ma.su.ka.

説明

「で」在這裡是指付款的方式，如果擔心現金不夠，就可以利用這句話問店員是否可以刷卡。

類句

クレジットカードが使^{つか}えますか？

可以刷卡嗎？

ku.re.ji.tto.kaa.do.ga./tsu.ka.e.ma.su.ka.

會話

A: お勘定^{かんじょう}おねがいします。あの、カードで支払^{しはら}いができますか？

麻煩你我要結帳。那個，可以刷卡嗎？

o.kan.jo.u.o.ne.ga.i.shi.ma.su./a.no./kaa.do.de./shi.ha.ra.i.ga./de.ki.ma.su.ka.

B: すみませんが、カードはお受^うけしておりません。

真的很抱歉，這裡沒有接受刷卡。

su.mi.ma.sen.ga./kaa.do.wa.o.u.ke.shi.te.o.ri.ma.sen.

お預かりいたします
あず

寄放東西

o.a.zu.ka.ri.i.ta.shi.ma.su.

説明

將進入超市或是某些場所，有規定不能攜帶大型包包或是物品，
服務人員就會説到這句，請你在某處寄放私人物品。

會話

A: しつれいですが、おおきいかばんのスーパーへのお持
ち込みはちょっと…。

真的很抱歉，大包包是不能帶進超市的。

shi.tsu.re.i.de.su.ga./o.o.ki.i.ka.ban.no.suu.paa.he.no.o.mo.chi.
ko.mi.wa.cho.tto.

B: そうですか。どうしよう。

這樣啊。那該怎麼辦呢。

so.u.de.su.ka./do.u.shi.yo.u

A: ここでお預かりいたします。
あず

這裡可以寄放東西。

ko.ko.de.o.a.zu.ka.ri.i.ta.shi.ma.su.

レシートでございます

這是您的發票

re.shii.to.de./go.za.i.ma.su.

説明

前面提到過，「レシート」是指發票，會以「ございます」作為結語助詞表示尊敬的意思，這句話通常是服務人員對顧客表示。

會話

A: 今日はありがとうございました。こちらレシートでございます。

今天感謝您的光臨。這是您的發票。

kyo.u.wa./a.ri.ga.to.u.go.za.i.ma.shi.ta./ko.chi.ra.re.shii.to.de./
go.za.i.ma.su.

B: やすいですね。もしかしてきょうはセールですか？

好便宜耶。難道你們有打折嗎？

ya.su.i.de.su.ne./mo.shi.ka.shi.te./kyo.u.wa.see.ru.de.su.ka.

A: はい、今、セール中なんです。

是的，剛好有促銷活動的關係。

ha.i./i.ma./see.ru.chu.u.nan.de.su.

またどうぞお越しくださいませ

歓迎再度光臨

ma.ta.do.u.zo.o.ko.shi.ku.da.sa.i.ma.se.

説明

通常出現在完成結帳之後，服務人員向顧客表達的感謝問候語。

類句

また次回のご利用をお待ちしております。

等待下次您的光臨。

ma.ta.ji.ka.i.no.go.ri.yo.u.o./o.ma.chi.shi.te.o.ri.ma.su.

會話

A: これをください。

我要這個。

ko.re.o.ku.da.sa.i.

B: はい、二百円でございます。

麻煩您一共200日圓。

ha.i./ni.hya.ku.en.de.go.za.i.ma.su.

A: はい、ちょうどです。

這裡剛剛好。

ha.i./cho.u.do.de.su.

B: ありがとうございました。またどうぞお越しくださ
いませ。

謝謝您。歡迎再度光臨。

a.ri.ga.to.u.go.za.i.ma.shi.ta./ma.ta.do.u.zo./o.ko.shi.ku.da.
sa.i.ma.se.

探しているんですが
想找東西
sa.ga.shi.te.i.run.de.su.ga.

説明

這句話可以用在想買某件東西，想請店員協助時，跟店員說你要找的東西，就可以利用這個說法。

類句

ほしいです。
想要
ho.shi.i.de.su.

會話

A: すみません、缶詰を探しているんですが。

不好意思，我想找罐頭食品。

su.mi.ma.sen./kan.du.me.o./sa.ga.shi.te.i.run.de.su.ga.

B: あそこの棚にあります。

就在那邊的架上。

a.so.ko.no.ta.na.ni./a.ri.ma.su.

2 市場

ぜん ぶ
全部でいくらですか？

一共多少錢？

zen.bu.de.i.ku.ra.de.su.ka.

説明

「いくら」是表示多少錢，在日本不論買東西或是其他消費行
為，都可以用到這句。如果有時候一次購買多樣東西，在結帳時
就可以在前面加上「全部で」，就能清楚表達總計多少錢的意
思。

類句

ね だん
値段はどのぐらいですか？

大約多少錢？

ne.dan.wa./do.no.gu.ra.i.de.su.ka.

會話

A: 全部でいくらですか？

這裡一共多少錢？

zen.bu.de.i.ku.ra.de.su.ka.

はっぴゃくえん
B: 八百円でございます。

一共是800日圓。

ha.ppa.ku.en.de.go.za.i.ma.su.

もうすこし安くして？
可以再便宜一點嗎？
mo.u.su.ko.shi.ya.su.ku.shi.te.

説明

大部分日本的商店都是不二價，但是在某些觀光地區的紀念品店，如果一次購買的商品較多，還是可以問問看有沒有折扣的空間。

類句

ちょっと安くしてもらってもいいですか？
可以稍微便宜一點嗎？
cho.tto.ya.su.ku.shi.te.mo.ra.tte.mo./i.i.de.su.ka.

會話

A: きれいですね。もうすこし安くしてくれませんか？
好漂亮喔。可以再便宜一點嗎？
ki.re.i.de.su.ne./mo.u.su.ko.shi.ya.su.ku.shi.te.ku.re.ma.sen.ka.

B: 申し訳ありません。安くすることはできませんが、景品をさしあげます。
很抱歉。價格便宜一點可能沒辦法，但是可以贈送你贈品。
mo.u.shi.wa.ke.a.ri.ma.sen./ya.su.ku.su.ru.ko.to.wa.de.ki.
ma.sen.ga./ke.i.hin.o.sa.shi.a.ge.ma.su.

これを見<small>み</small>せてください

請讓我看一下這個

ko.re.o./mi.se.te.ku.da.sa.i.

説明

想看某件東西，但是無法直接取得，或是擔心是不能隨意觸碰的
商品，這時候就可以問店家是否可以讓你看一下。

類句

これが見<small>み</small>たいんですが。

我想看一下這個。

ko.re.ga./mi.ta.in.de.su.ga.

會話

A: すみません、これを見<small>み</small>せてください。

不好意思，可以讓我看一下這個嗎。

su.mi.ma.sen./ko.re.o./mi.se.te.ku.da.sa.i.

B: はい、どうぞ。ごゆっくりご覧<small>らん</small>ください。

好的，請慢慢看。

ha.i./do.u.zo./go.yu.kku.ri.go.ran.ku.da.sa.i.

どこで売っていますか？

在哪裡有賣呢？

do.ko.de.u.tte.i.ma.su.ka.

説明

用來詢問要買的東西在哪裡有販賣。

會話

A: ちょっときいていいですか？

可以請問一下嗎？

cho.tto.ki.i.te.i.i.de.su.ka.

B: ええ、なにか？

嗯，什麼事嗎？

ee./na.ni.ka.

A: この前食べたチョコレートはどこで売っていますか？

上次吃過的巧克力在哪裡有賣嗎？

ko.no.ma.e.ta.be.ta.cho.ko.ree.to.wa./do.ko.de.u.tte.i.ma.su.ka.

B: あのスーパーで売っていますよ。

就在那家超市裡有賣。

a.no.suu.paa.de./u.tte.i.ma.su.yo.

つりはいりません
不用找錢了

tsu.ri.wa./i.ri.ma.sen.

説明

表示不需要找零的意思。「いりません」表示不需要、不用的意思。

類句

つりはとっといてください。
不用找錢了。
tsu.ri.wa./to.tto.i.te.ku.da.sa.i.

會話

A: これでいいよ、つりはいりません。
　　這樣就可以了，零錢不用找。
　　ko.re.de.i.i.yo./tsu.ri.wa.i.ri.ma.sen.

B: すみません。ありがとうございます。
　　真不好意思，謝謝你。
　　su.mi.ma.sen./a.ri.ga.to.u.go.za.i.ma.su.

これをください

請給我這個

ko.re.o.ku.da.sa.i.

説明

向服務人員或銷售人員表示，請對方拿欲購買的商品給你確認的說法。

類句

これが買いたい。
我想買這個。
ko.re.ga.ka.i.ta.i.

會話

A: ごゆっくりご覧ください。
　　請慢慢看。
　　go.yu.kku.ri.go.ran.ku.da.sa.i.

B: これをください。
　　請給我這個。
　　ko.re.o.ku.da.sa.i.

それで結構です

這樣就夠了

so.re.de.ke.kko.u.de.su.

説明

要表達目前的狀態就足夠了，也可以作為表達感謝的意思。

類句

それでいいです。

這樣就可以了。

so.re.de.i.i.de.su.

會話

A: にんじんを一本ください。

請給我一根紅蘿蔔。

nin.jin.o./i.ppon.ku.da.sa.i.

B: ほかに何か要りますか？

還有要其他的東西嗎？

ho.ka.ni./na.ni.ka.i.ri.ma.su.ka.

A: いいえ、それで結構です。

不用了，這樣就可以了。

i.i.e./so.re.de.ke.kko.u.de.su.

袋はいりません

ふくろ

不用袋子了

fu.ku.ro.wa./i.ri.ma.sen.

説明

用於跟店員表示不需要再另外給購物袋。「～いりません」表示
不需要的意思。

會話

A: すみません、袋はいりません。自分で持って来まし
　　たから。

ふくろ　　　　　　　　　　じぶん　　　　も　　　き

不好意思，袋子不用了。我自己有帶購物袋。

u.mi.ma.sen./fu.ku.ro.wa./i.ri.ma.sen./ji.bun.de./mo.tte.ki.ma.
shi.ta.ka.ra.

B: はい、わかりました。

好的，知道了。

ha.i./wa.ka.ri.ma.shi.ta.

賞味期限はいつまでですか？
しょうみ きげん

賞味期限到什麼時候？

syo.u.mi.ki.gen.wa./i.tsu.ma.de.de.su.ka.

説明

日本指的賞味期限是建議的食用期限，不一定是指有效期限，更明確的説法是美味的食用期限。「いつまで」是指結束的時間點。

會話

A: 賞味期限はいつまでですか？
しょうみ きげん

賞味期限到什麼時候？

syo.u.mi.ki.gen.wa./i.tsu.ma.de.de.su.ka.

B: 枠外記載にありますようにことしの四月までです。
わくがい き さい　　　　　　　　　　　　　　 し がつ

包裝上有標示到四月。

wa.ku.ga.i.ki.sa.i.ni.a.ri.ma.su.yo.u.ni./ko.to.shi.no.shi.ga.tsu.
ma.de.de.su.

もう一度考えてみます

讓我再考慮一下

mo.u.i.chi.do./kan.ga.e.te.mi.ma.su.

説明

想要再考慮一下再下決定時，就可以跟對方説這句話。「考え」是指思考、想一想，引申為考慮的意思。

會話

A: この牛肉はとてもおいしいし、値段も高くないです。おすすめですよ。

這個牛肉很好吃又不貴。真的很划算喔。

ko.no.gyu.u.ni.ku.wa./to.te.mo.o.i.shi.i.shi./ne.dan.mo.ta.ka.ku.na.i.de.su./o.su.su.me.de.su.yo.

B: もう一度考えてみます。

我再考慮一下好了。

mo.u.i.chi.do./kan.ga.e.te.mi.ma.su.

半分にしてもらえますか？
可以給我一半嗎？
han.bun.ni.shi.te.mo.ra.e.ma.su.ka.

説明

如果當數量太多，超出你的預期，但是還是很想買那樣商品時，可以詢問店家能否減少數量。

會話

A: 一山はちょっと多すぎるので、半分にしてもらえますか？

一整堆有點多，可以只給我一半嗎？

hi.to.ya.ma.wa./cho.tto.o.o.su.gi.ru.no.de./han.bun.ni.shi.te.mo.ra.e.ma.su.ka.

B: もちろんいいですよ。

當然可以。

mo.chi.ron.i.i.de.su.yo.

ちょっと見ているだけです

我先看看

cho.tto.mi.te.i.ru.da.ke.de.su.

説明

購物時，跟店員表示只是先看看，尚未決定是否要買時，就可以用這個説法。

類句

見ているだけです。

我只是看看。

mi.te.i.ru.da.ke.de.su.

會話

A: 何かお気に入りのものはございますか？

你有喜歡的嗎？

na.ni.ka./o.ki.ni.i.ri.no.mo.no.wa.go.za.i.ma.su.ka.

B: ちょっと見ているだけです。

我先看看就好。

cho.tto.mi.te.i.ru.da.ke.de.su.

試着 してもいいですか？
しちゃく

可以試穿看看嗎？

shi.cha.ku.shi.te.mo.i.i.de.su.ka.

説明

詢問店員衣服是否可以試穿的説法。

類句

試着 できますか？
しちゃく

可以試穿嗎？

shi.cha.ku.de.ki.ma.su.ka.

會話

A: このTシャツは試着 してもいいですか？
しちゃく

可以試穿看看這件T恤嗎？

ko.no.ti.sya.tsu.wa./shi.cha.ku.shi.te.mo.i.i.de.su.ka.

B: はい、どうぞ。試着 室はこちらです。
しちゃくしつ

可以的，請試試看。試衣間在這裡。

ha.i./do.u.zo./shi.cha.ku.shi.tsu.wa./ko.chi.ra.de.su.

もっとちいさいサイズはありますか？

有尺寸小一點的嗎？

mo.tto.chi.i.sa.i.sa.i.zu.wa./a.ri.ma.su.ka.

説明

詢問店員是否有其他尺寸時的説法。

會話

A: あの、もっとちいさいサイズはありますか？

　　那個，有尺寸更小一點的嗎？

　　a.no./mo.tto.chi.i.sa.i.sa.i.zu.wa./a.ri.ma.su.ka.

B: すいません、ちいさいのはもう売り切れてしまいまし

　　た。ほかの色はいかがですか？

　　很抱歉，小尺寸的都賣完了。其他顏色的可以嗎？

　　su.i.ma.sen./chi.i.sa.i.no.wa./mo.u.u.ri.ki.re.te.shi.ma.i.ma.shi.

　　ta./ho.ka.no.i.ro.wa./i.ka.ga.de.su.ka.

税の払い戻しをしてほしいです
ぜい　はら　もど

我想要退税

ze.i.no.ha.ra.i.mo.do.shi.o./shi.te.ho.shi.i.de.su.

説明

在日本購物時，消費稅是外加的，外國人的話可以退稅，如果在百貨公司或是大型的購物廣場，都可以詢問服務人員退稅相關事宜。

類句

消費税の返還はできますか？
しょうひぜい　へんかん

可以退消費稅嗎？

syo.u.hi.ze.i.no.hen.kan.wa./de.ki.ma.su.ka.

會話

A: あの、わたし外国人なんですが、税の払い戻しをしてほしいんですが。
がいこくじん　　　　　　　　ぜい　はら　もど

那個，因為我是外國人，想要辦理退稅。

a.no./wa.ta.shi.ga.i.ko.ku.jin.nan.de.su.ga./ze.i.no.ha.ra.i.mo.do.shi.o./shi.te.ho.shi.in.de.su.ga.

B: 承知いたしました。一階の案内所で、税の返還ができます。
しょうち　　　　　　　　いっかい　あんないしょ　　ぜい　へんかん

知道了。在一樓的服務處就能幫您辦理退稅。

syo.u.chi.i.ta.shi.ma.shi.ta./i.kka.i.no.an.na.i.syo.de./ze.i.no.hen.kan.ga.de.ki.ma.su.

割引はありますか？
わりびき

請問有折扣嗎？

wa.ri.bi.ki.wa./a.ri.ma.su.ka.

説明

「割引」是日文折扣的意思。
わりびき

類句

ディスカウントはありますか？

請問有打折嗎？

di.su.ka.un.to.wa./a.ri.ma.su.ka.

會話

A: いま割引はありますか？
わりびき

請問現在有折扣嗎？

i.ma.wa.ri.bi.ki.wa./a.ri.ma.su.ka.

B: ええ、ただいまセール期間 中 ですので、いろいろな
き かんちゅう
割引がございます。
わりびき

現在正好有週年慶的活動，有很多不同的折扣喔。

ee./ta.da.i.ma.see.ru.ki.kan.cyu.u.de.su.no.de./i.ro.i.ro.na.wa.
ri.bi.ki.ga.go.za.i.ma.su.

これを<ruby>包装<rt>ほうそう</rt></ruby>してください

請幫我包裝

ko.re.o/ho.u.so.u.shi.te.ku.da.sa.i.

説明

如果是送禮的話，可以請店員幫你另外包裝，這種情形就可以用這個説法。

類句

<ruby>包装<rt>ほうそう</rt></ruby>おねがいします。

麻煩你幫我包裝。

ho.u.so.u.o.ne.ga.i.shi.ma.su.

會話

A: こちらでよろしいですか？

你只需要這個嗎？

ko.chi.ra.de.yo.ro.shi.i.de.su.ka.

B: はい、すみませんが、<ruby>包装<rt>ほうそう</rt></ruby>してください。

是的，順便幫我包裝一下。

ha.i./su.mi.ma.sen.ga./ho.u.so.u.shi.te.ku.da.sa.i.

何階ですか？
なんかい

請問在幾樓？

nan.ka.i.de.su.ka.

説明

「階」是指樓層。詢問要去的目的地在哪一層樓，就可以這樣説。
かい

類句

何階にありますか？
なんかい

在哪一層樓？

nan.ka.i.ni.a.ri.ma.su.ka.

會話

A: 電気用品は何階ですか？
でん き ようひん　 なんかい

請問電器用品在幾樓？

den.ki.yo.u.hin.wa./nan.ka.i.de.su.ka.

B: 五階でございます。
ご かい

在五樓。

go.ka.i.de.go.za.i.ma.su.

これを買います

我要買這個

ko.re.o.ka.i.ma.su.

説明

表示已經決定要購買的目標的説法。

類句

これがほしいです。
我想要這個。
ko.re.ga.ho.shi.i.de.su.

會話

A: わたし決めました。これを買います。

我決定了。我要買這個。

wa.ta.shi.ki.me.ma.shi.ta./ko.re.o.ka.i.ma.su.

B: かしこまりました。少々お待ちください。

好的。請稍等一下。

ka.shi.ko.ma.ri.ma.shi.ta./syo.u.syo.u.o.ma.chi.ku.da.sa.i.

おまけもらえますか。

請問有贈品嗎？

o.ma.ke.mo.ra.e.ma.su.ka.

説明

詢問店家消費是否有贈品的說法。

類句

景品^{けいひん}がありますか？

請問有贈品嗎？

ke.i.hin.ga./a.ri.ma.su.ka.

會話

A: 今回^{こんかい}おまけもらえますか？

這次有贈品嗎？

kon.ka.i.o.ma.ke.mo.ra.e.ma.su.ka.

B: はい。きょうの景品^{けいひん}は化粧品^{けしょうひん}のサンプルです。

有的，今天的贈品是化妝品的試用品。

ha.i./kyo.u.no.ke.i.hin.wa./ke.syo.u.hin.no.san.pu.ru.de.su.

クレジットカードが使えますか？

可以刷卡嗎？

ku.re.ji.tto.kaa.do.de.ga./tsu.ka.e.ma.su.ka.

説明

用於詢問店家是否有接受信用卡付款的説法。

類句

クレジットカードで払ってもいいですか？

可以刷卡結帳嗎？

ku.re.ji.tto.kaa.do.de./ha.ra.tte.mo.i.i.de.su.ka.

會話

A: ここクレジットカードが使えますか？

這裡可以刷卡嗎？

ko.ko.ku.re.ji.tto.kaa.do.ga./tsu.ka.e.ma.su.ka.

B: はい、カードが使えます。

可以的，我們可以接受信用卡。

ha.i./kaa.do.ga.tsu.ka.e.ma.su.

試着室はどこですか？

請問試衣間在哪裡？

shi.cha.ku.shi.tsu.wa./do.ko.de.su.ka.

説明

詢問店員有無試穿的地方的説法。

類句

試着室はありますか？

有試衣間嗎？

shi.cha.ku.shi.tsu.wa./a.ri.ma.su.ka.

會話

A: あの、試着室はどこですか？

請問，試衣間在哪裡？

a.no./shi.cha.ku.shi.tsu.wa./do.ko.de.su.ka.

B: 左側の部屋です。

左邊的房間就是。

hi.da.ri.ga.wa.no.he.ya.de.su.

案内してもらえませんか？
あんない

可以幫我介紹一下嗎？

an.na.i.shi.te.mo.ra.e.ma.sen.ka.

説明

「案内」是指導引、介紹的意思，在日本「案内所」就是指服務
あんない　　　　　　　　　　　　　　　　　　　　　　あんないしょ
處，如果需要有人介紹或是詢問問題，只要找到這裡就可以了。

會話

A: 子供服売り場にいきたいですが、案内してもらえま
　　こどもふくう　ば　　　　　　　　　　　　　　あんない
せんか？

我想要去兒童服飾區，可以幫我導引一下嗎？

ko.do.mo.fu.ku.u.ri.ba.ni.i.ki.ta.i.de.su.ga./an.na.i.shi.te.mo.
ra.e.ma.sen.ka.

B: はい、こちらへどうぞ。ご案内します。
　　　　　　　　　　　　　　　　　あんない

好的，這邊請。我來幫你帶路。

ha.i./ko.chi.ra.he.do.u.zo./go.an.na.i.shi.ma.su.

ホテルまで届けてもらえますか？

可以幫我寄到飯店嗎？

ho.te.ru.ma.de.to.do.ke.te./mo.ra.e.ma.su.ka.

説明

如果購買的東西過多，可以詢問店家是否可以直接寄送到住宿的飯店。

會話

A: すいません、さっき買ったスーツケースをホテルまで届けてもらえますか？

不好意思，剛剛買的行李箱可以幫我寄到飯店嗎？

su.i.ma.sen./sa.kki.ka.tta.suu.tsu.kee.su.o./ho.te.ru.ma.de./to.do.ke.te.mo.ra.e.ma.su.ka.

B: かしこまりました。ホテルのアドレスをここにお書きください。

沒問題。請在這裡寫下飯店的地址。

ka.shi.ko.ma.ri.ma.shi.ta./ho.te.ru.no.a.do.re.su.o./ko.ko.ni.o.ka.ki.ku.da.sa.i.

4 其他

これは売り切れました
う　　き

這個已經售完了

ko.re.wa./u.ri.ki.re.ma.shi.ta.

説明

「売り切れ」是指已經全數銷售完，表示這項商品目前已經沒貨了。

類句

これは品切れです。
しなぎ

這項商品已經賣完了（沒有庫存了）。

ko.re.wa./shi.na.gi.re.ma.de.su.

會話

A: この前買った財布はまだありますか？
まえか　　　さいふ

我之前買的錢包現在還有嗎？

ko.no.ma.e./ka.tta.sa.i.fu.wa./ma.da.a.ri.ma.su.ka.

B: いいえ、あれは売り切れました。
う　　き

沒有了，這個已經售完了。

i.i.e./a.re.wa./u.ri.ki.re.ma.shi.ta.

4 其他

どんな種類がありますか？

種類有哪些？

don.na.syu.ru.i.ga./a.ri.ma.su.ka.

説明

詢問有哪幾種款式的同類商品可以選擇時的説法。

類句

どんな型がありますか？

有哪幾種款式？

don.na.ka.ta.ga.a.ri.ma.su.ka.

會話

A: ここのカメラはどんな種類がありますか？

這裡的相機種類有哪些？

ko.ko.no.ka.me.ra.wa./don.na.syu.ru.i.ga./a.ri.ma.su.ka.

B: すべてここにあります。だいたい２０台あります。

どうぞ、ご覧ください。

全部都在這裡了。大約有20台，請慢慢看。

su.be.te.ko.ko.ni.a.ri.ma.su./da.i.ta.i.ni.jyu.u.da.i.a.ri.ma.su./

do.u.zo./go.ran.ku.da.sa.i.

こうかん
交換してください
請幫我換貨
ko.u.kan.shi.te.ku.da.sa.i.

説 明

欲更換商品時的説法。

類 句

代えてください。
請幫我換貨。
ka.e.te.ku.da.sa.i.

會 話

A: すみませんが、これを交換してください。

不好意思，這個我想要換貨。

su.mi.ma.sen.ga./ko.re.o./ko.u.kan.shi.te.ku.da.sa.i.

B: かしこまりました。どのサイズに交換したいですか？

好的。請問想換哪個尺寸的呢？

ka.shi.ko.ma.ri.ma.shi.ta./do.no.sa.i.zu.ni./ko.u.kan.shi.ta.i.de.
su.ka.

4 其他

どっちがいいですか？

哪一個比較好呢？

do.cchi.ga.i.i.de.su.ka.

説明

徵求他人意見，不知道選擇哪一個比較好的時候，常用到的疑問句。

類句

どちらがいいですか。

那一個比較好？

do.chi.ra.ga./i.i.de.su.ka.

會話

A: 見てください。どっちがいいですか？

請看一下。哪一個比較好？

mi.te.ku.da.sa.i./do.cchi.ga.i.i.de.su.ka.

B: こっちのほうがいいと思います。

我覺得這邊這個比較好。

ko.cchi.no.ho.u.ga./i.i.to.o.mo.i.ma.su.

鞄を買いたいのですが
かばん　か

我想買個皮包

ka.ban.o./ka.i.ta.i.no.de.su.ga.

説 明

「〜を買いたいのですが」是表達自己想買什麼，欲詢求他人意
か
見的説法。

類 句

鞄がほしいですが。
かばん

我想要一個皮包。

ka.ban.ga./ho.shi.i.de.su.ga.

會 話

A: 鞄を買いたいのですが、予算が足りません。
かばん　か　　　　　　　　　よさん　た

我想買個皮包，但是預算不夠。

ka.ban.o./ka.i.ta.i.no.de.su.ga./yo.san.ga./ta.ri.ma.sen.

B:ちょっと安いのを買いましょう。
やす　　　か

那就買便宜一點的好了。

cho.tto.ya.su.i.no.o./ka.i.ma.syo.u.

4 其他

税込みですか？
ぜい こ

已經是含稅的嗎？

ze.i.ko.mi.de.su.ka.

説明

因為日本的消費稅是外加的，所以結帳前還是要先確認金額是否是已經含稅的。

類句

この金額は税込みですか？
きんがく　　　ぜいこ

這個價格是含稅的嗎？

ko.no.kin.ga.ku.wa./ze.i.ko.mi.de.su.ka.

會話

A: この値段は税込みですか？
ね だん　　ぜい こ

這個價格是已經含稅的嗎？

ko.no.ne.dan.wa.ze.i.ko.mi.de.su.ka.

B: いいえ、まだ加税していません。
か ぜい

不是的，這是還沒加稅的。

i.i.e./ma.da.ka.ze.i.shi.te.i.ma.sen.

分割払いできますか？
ぶんかつばらい

可以分期付款嗎？

bun.ka.tsu.ba.ra.i.de.ki.ma.su.ka.

説明

在百貨公司或是大型電器百貨購買單價較高的商品時，可以看到會有標明可以分期付款，若是有這個需求，就可以利用這句話詢問店員，是否可以分期付款。

類句

分割払いでもいいですか？

分期付款也可以嗎？

bun.ka.tsu.ba.ra.i.de.mo.i.i.de.su.ka.

會話

A: この商品は分割払いできますか？

請問這項商品可以分期付款嗎？

ko.no.syo.u.hin.wa./bun.ka.tsu.ba.ra.i.de.ki.ma.su.ka.

B: はい、できます。何ヶ月払いがよろしいですか？

可以的。請問要分幾個月呢？

ha.i./de.ki.ma.su./nan.ke.ge.tsu.ba.ra.i.ga.yo.ro.shi.i.de.su.ka.

4 其他

ドルで払ってもいいですか？

可以付美金嗎？

do.ru.de.ha.ra.tte.mo.i.i.de.su.ka.

説明

在日本的百貨公司或是免稅店，有時候也可以接受外幣付款，如果想詢問店家是否可以以美金支付帳款，這時候就可以用到這句話。

類句

ドルは使えますか？

可以使用美金嗎？

do.ru.wa./tsu.ka.e.ma.su.ka.

會話

A: ここでドルで払ってもいいですか？

這裡可以付美金嗎？

ko.ko.de./do.ru.de.ha.ra.tte.mo.i.i.de.su.ka.

B: 申し訳ありません、ここでは外貨はお受けできません。

很抱歉，我們這裡是不接受外幣的。

mo.u.shi.wa.ke.a.ri.ma.sen./ko.ko.de.wa./ga.i.ka.wa./o.u.ke.de.ki.ma.sen.

どっちもいまいちだ

不管哪個都還差了一點

do.cchi.mo.i.ma.i.chi.da.

説明

當回答他人詢問意見，哪個比較好，無法明確選擇或是覺得兩者都不是最好的時候，就可以回答這句話。

類句

どっちもいいです。

不管哪個都好。

do.cchi.mo.i.i.de.su.

會話

A: こっちとそっち、どちらがいいですか？

這個跟那個，哪個比較好呢？

ko.cchi.to.so.cchi./do.chi.ra.ga.i.i.de.su.ka.

B: どっちもいまいちだ。

不管哪個都還差了一點。

do.cchi.mo.i.ma.i.chi.da.

あんないしょ
案内所はどこですか？

詢問處在哪裡？

an.na.i.syo.wa./do.ko.de.su.ka.

説明

向他人詢問服務處在哪裡的説法。

類句

あんないしょ
案内所はどこにありますか？

請問詢問處在哪裡？

an.na.i.syo.wa./do.ko.ni.a.ri.ma.su.ka.

會話

A: すみません、案内所はどこですか？

不好意思，請問詢問處在哪裡？

su.mi.ma.sen./an.na.i.syo.wa.do.ko.de.su.ka.

B: ええと、わたしも知りません。申し訳ございません。

這個嘛也不知道。真的很抱歉。

e.e.to./wa.ta.shi.mo.shi.ri.ma.sen./mo.u.shi.wa.ke.go.za.i.ma.sen.

営業時間はいつまでですか？
えいぎょう じ かん

營業時間到幾點？

e.i.gyo.u.ji.kan.wa./i.tsu.ma.de.de.su.ka.

説明

詢問商店營業時間到幾點的説法。

類句

閉店時間は何時ですか？
へいてん じ かん　なん じ

結束營業時間是幾點？

he.i.ten.ji.kan.wa./nan.ji.de.su.ka.

會話

A: このデパートの営業時間はいつまでですか？
えいぎょう じ かん

這間百貨公司的營業時間是到幾點？

ko.no.de.paa.to.no.e.i.gyo.u.ji.kan.wa./i.tsu.ma.de.de.su.ka.

B: ごご8時までです。
はち じ

到晚上八點。

go.go.ha.chi.ji.ma.de.de.su.ka.

あなたもできる！
日本語会話帳

旅遊
Part 4
生活
篇

1 自助旅行

バス乗り場はどこですか？

公車乘車處在哪裡？

ba.su.no.ri.ba.wa./do.ko.de.su.ka.

説明

詢問公車站牌或是乘車處的説法。「乗り場」是日文中「乘車處」的意思，前面加上交通工具就可以表示何種交通工具的搭乘處。

類句

バス乗り場はどこにありますか？

要在哪裡搭乘公車？

ba.su.no.ri.ba.wa./do.ko.ni.a.ri.ma.su.ka.

會話

A: バス乗り場はどこですか？

請問公車乘車處在哪裡？

ba.su.no.ri.ba.wa./do.ko.de.su.ka.

B: 駅のまえにあって、とても近いですよ。

就在車站前面，很近。

e.ki.no.ma.e.ni.a.tte./to.te.mo.chi.ka.i.de.su.yo.

コンビニに行きたい

想去便利商店

kon.bi.ni.ni.i.ki.ta.i.

説明

「～に行きたい」是表示想去哪裡的説法。

類句

コンビニに行くつもりです。

我正打算要去便利商店。

kon.bi.ni.ni.i.ku.tsu.mo.ri.de.su.

會話

A: 何か飲みたいので、コンビニに行きたい。一緒に
こうか？

因為想喝點什麼，正要去便利商店。要一起去嗎？

na.ni.ka.no.mi.ta.i.no.de./kon.bi.ni.ni.i.ki.ta.i./i.ssyo.ni.i.ko.u.ka.

B: じゃ、行きましょう。

那就一起去吧。

ja./i.ki.ma.syo.u.

写真を撮ってください

請幫我拍照

sya.shin.o.to.tte.ku.da.sa.i.

説明

常用於到觀光景點時，請旁人幫忙拍照的説法。

類句

写真を撮っていただいてもよろしいですか？

可以請你幫我拍照嗎？

sya.shin.o.to.tte.i.ta.da.i.te.mo.yo.ro.shi.i.de.su.ka.

會話

A: しつれいですが、写真を撮ってくださいませんか？

不好意思，可以請你幫我拍照嗎？

shi.tsu.re.i.de.su.ga./sya.shin.o.to.tte.ku.da.sa.i.ma.sen.ka.

B: ええ。どうやって使いますか？

嗯。這要怎麼拍呢？

e.e./do.u.ya.tte.tsu.ka.i.ma.su.ka.

両替してください

りょうがえ

請幫我匯兌

ryo.u.ga.e.shi.te.ku.da.sa.i.

説明

「両替」的意思為貨幣兌換，當需要將美金兌換成日幣，或是其他幣值之間匯兌，都可以用到這一句。

類句

両替をお願いします。

麻煩你幫我兌換外幣。

ryo.u.ga.e.o./o.ne.ga.i.shi.ma.su.

會話

A: すみません、両替してください。

不好意思，請幫我匯兌。

su.mi.ma.sen./ryo.u.ga.e.shi.te.ku.da.sa.i.

B: おいくら両替なさいますか？

請問要兌換多少錢？

o.i.ku.ra.ryo.u.ga.e.na.sa.i.ma.su.ka.

これは<ruby>無料<rt>む りょう</rt></ruby>ですか。

這是免費的嗎？

ko.re.wa.mu.ryo.u.de.su.ka.

説明

「<ruby>無料<rt>む りょう</rt></ruby>」在日文中是指免費的意思，相反地，「有料」便是需要付費的，在日本旅遊時，參觀美術館等地方或是飯店內的服務，會有免費跟需要付費的差異，所以這個字一定要熟記喔。

會話

A: これは<ruby>無料<rt>む りょう</rt></ruby>ですか。

這是免費的嗎？

ko.re.wa.mu.ryo.u.de.su.ka.

B: はい、そうです。

是的，是免費的。

ha.i./so.u.de.su.

この地図をみてもらえませんか？

可以幫我看一下這個地圖嗎？

ko.no.chi.zu.o.mi.te.mo.ra.e.ma.sen.ka.

説明

遇到迷路的情形，請求他人協助確認位置時，就可以用到這句話。

會話

A: すみません、この地図をみてもらえませんか？

不好意思，可以幫我看一下這個地圖嗎？

su.mi.ma.sen./ko.no.chi.zu.o./mi.te.mo.ra.e.ma.sen.ka.

B: ええ、いいですよ。どうぞ。

嗯，好的。請給我看一下。

e.e./i.i.de.su.yo./do.u.zo.

どうやって行けばいいですか？

要怎麼去好呢？

do.u.ya.tte./i.ke.ba.i.i.de.su.ka.

説明

「どうやって」是要表達詢問達到目的的方法或是手段。

類句

どうやっていくの？

要怎麼去呢？

do.u.ya.tte.i.ku.no.

會話

A: ホテルにどうやって行けばいいですか？

要怎麼去飯店呢？

ho.te.ru.ni.do.u.ya.tte./i.ke.ba.i.i.de.su.ka.

B: 迷わないようにタクシーに乗って行きましょう。

避免迷路還是搭計程車去好了。

ma.yo.wa.na.i.yo.u.ni.ta.ku.shii.ni./no.tte.i.ki.ma.syo.u.

行き方を教えてください。

請告訴我路線

i.ki.ka.ta.o./o.shi.e.te.ku.da.sa.i.

説明

請教他人到達目的地的路線時，就可以用這個問句。

會話

A: 駅にいきたいですが、行き方を教えてくださいませんか？

我要去車站，可以告訴我路線嗎？

e.ki.ni.i.ki.ta.i.de.su.ga./i.ki.ka.ta.o./o.shi.e.te.ku.da.sa.i.ma.sen.ka.

B: まっすぐ行って、10分ぐらいで着きますよ。

一直直走，大約10分鐘之後就到了。

ma.ssu.gu.i.tte./ju.ppun.gu.ra.i.de.tsu.ki.ma.su.yo.

1 自助旅行

今日は開いてますか。

今天有開放嗎？

kyo.u.wa./a.i.te.ma.su.ka.

説明

不確定今天是不是公休日，就可以用這句話問其他人，要去的場所是否正常開放營業。

類句

今日はオープンしていますか？

今天有開放營業嗎？

kyo.u.wa./oo.pun.shi.te.i.ma.su.ka.

會話

A: 博物館　今日は開いてますか？

博物館今天有開放嗎？

ha.ku.bu.tsu.kan./kyo.u.wa./a.i.te.ma.su.ka.

B: 今日は休みじゃないから、開いているはずです。

今天不是公休日，應該有開放吧。

kyo.u.wa./ya.su.mi.ja.na.i.ka.ra./a.i.te.i.ru.ha.zu.de.su.

ここから遠い

距離這裡很遠

ko.ko.ka.ra.to.o.i.

説明

「から」在這裡是表示地點位置上的起點，以這裡為原點，表達距離的遠近。

類句

ちょっと遠いところです。

有點遠的地方。

cho.tto.to.o.i.to.ko.ro.de.su.

會話

A: 駅はここから遠いですか？

車站離這裡遠嗎？

e.ki.wa./ko.ko.ka.ra./to.o.i.de.su.ka.

B: いいえ、近いです。

不會，離這裡很近。

i.i.e./chi.ka.i.de.su.

もう一度言ってください
請再説一遍
mo.u.i.chi.do.i.tte.ku.da.sa.i.

説明

當不理解對方説法，或是沒聽清楚的時候，就可以利用這句話請對方再説一次。

會話

A: あの、さっきのは早かったので、もう一度言ってくださいませんか？

那個，剛才説得有點快，可以請你再説一遍嗎？

a.no./sa.kki.no.wa.ha.ya.ka.tta.no.de./mo.u.i.chi.do.i.tte.ku.da.sa.i.ma.sen.ka.

B: じゃ、ゆっくりともう一度言いますね。

這樣啊，那我再慢慢的説一遍。

ja./yu.kku.ri.to./mo.u.i.chi.do.i.i.ma.su.ne.

一番人気な名所はどこですか？

最受歡迎的名勝是哪裡？

i.chi.ban.nin.ki.na.me.i.syo.wa./do.ko.de.su.ka.

説明

「名所」是指有名的觀光景點，也就是名勝的意思。「どれですか」是用來表達在眾多選擇中的哪一個。

會話

A: この近くで一番人気な名所はどこですか？

這附近最受歡迎的名勝是哪裡？

ko.no.chi.ka.ku.de./i.chi.ban.nin.ki.na.me.i.syo.wa./do.ko.de.su.ka.

B: 美術館はおすすめですよ。

我個人推薦美術館。

bi.jyu.tsu.kan.wa./o.su.su.me.de.su.yo.

中 国語ができる人はいませんか？

有會說中文的人嗎？

chu.u.go.ku.go.ga.de.ki.ru.hi.to.wa./i.ma.sen.ka.

説明

「～ができる」是用來表達會某項技能的意思。這句話是日文中常見的以否定語氣作為疑問句的說法，沒有會說中文的人嗎？實際上的意思是要問有沒有會說中文的人。

會話

A: あの、ここで 中 国語ができる人はいませんか？

請問，這裡有會說中文的人嗎？

a.no./ko.ko.de.chu.u.go.ku.go.ga.de.ki.ru.hi.to.wa./i.ma.sen.ka.

B: はい、います。ちょっとお待ち下さい。

有的。請稍等一下。

ha.i./i.ma.su./cho.tto.o.ma.chi.ku.da.sa.i.

券売所はどこですか？
けんばいしょ

請問售票處在哪裡？

ken.ba.i.syo.wa./do.ko.de.su.ka.

説明

詢問售票處位置的説法。

類句

券売所はどこにありますか？
けんばいしょ

請問售票處在哪裡？

ken.ba.i.syo.wa./do.ko.ni.a.ri.ma.su.ka.

會話

A: 券売所はどこですか？
けんばいしょ

請問售票處在哪裡？

ken.ba.i.syo.wa./do.ko.de.su.ka.

B: わたしもよく知りません。案内所で聞きましょう。
し あんないしょ き

我也不知道。去詢問處問問看好了。

wa.ta.shi.mo.yo.ku.shi.ri.ma.sen./an.na.i.syo.de.ki.ki.ma.syo.u.

1 自助旅行

どこで並べばいいですか？
請問要在哪裡排隊？
do.ko.de.na.ra.be.ba.i.i.de.su.ka.

説明

格助詞「で」除了前面提到的方法、手段的意思之外，另外在這裡是表示進行動作的場所。這句話是問在哪裡排隊比較好。

類句

どこに並ぶんですか？
請問要在哪裡排隊？
do.ko.ni.na.ra.bun.de.su.ka.

會話

A: 切符を買いたいですが、どこで並べばいいですか？

我想要去買票，請問要在哪裡排隊？

ki.ppu.o./ka.i.ta.i.de.su.ga./do.ko.de.na.ra.be.ba.i.i.de.su.ka.

B: 切符売り場はあそこにあります。

售票處就在那裡。

ki.ppu.u.ri.ba.wa./a.so.ko.ni.a.ri.ma.su.

ものを預けられるところはありますか？

請問有寄放東西的地方嗎？

mo.no.o./a.zu.ke.ra.re.ru.to.ko.ro.wa./a.ri.ma.su.ka.

説明

用於詢問有沒有可以寄放東西的地方的説法。

類句

どこにものを預けられますか？

哪裡可以寄放東西呢？

do.ko.ni./mo.no.o.a.zu.ke.ra.re.ma.su.ka.

會話

A: ここでものを預けられるところはありますか？

請問這裡有寄放東西的地方嗎？

ko.ko.de./mo.no.o.a.zu.ke.ra.re.ru.to.ko.ro.wa./a.ri.ma.su.ka.

B: トイレの側にロッカーがあります。

在洗手間旁邊有置物櫃。

to.i.re.no.so.ba.ni.ro.kkaa.ga./a.ri.ma.su.

ここで写真撮影^{しゃしんさつえい}はできますか？

請問這裡可以拍照嗎？

ko.ko.de./sya.shin.sa.tsu.e.i.wa./de.ki.ma.su.ka.

説明

徵求對方同意在某個地點是否可以拍照時，常用的問句。

類句

ここで写真^{しゃしん}を撮^とってもいいですか？

請問這裡可以拍照嗎？

ko.ko.de.sya.shin.o.to.tte.mo./i.i.de.su.ka.

會話

A: ここで写真撮影^{しゃしんさつえい}はできますか？

請問這裡可以拍照嗎？

ko.ko.de./sya.shin.sa.tsu.e.i.wa./de.ki.ma.su.ka.

B: ええ、できますよ。ご自由^{じゆう}に　どうぞ。

嗯，可以的。請自由拍照。

e.e./de.ki.ma.su.yo./go.ji.yu.u.ni.do.u.zo.

土産物屋はどこですか？
請問哪裡有紀念品店？

mi.ya.ge.mo.no.ya.wa./do.ko.de.su.ka.

説明

在觀光景點要向他人詢問哪裡有紀念品店的時候，就可以用這句
話。

類句

土産物屋はどこにありますか？

哪裡有紀念品店？

mi.ya.ge.mo.no.ya.wa./do.ko.ni.a.ri.ma.su.ka.

會話

A: 土産物屋はどこですか？

請問哪裡有紀念品店？

mi.ya.ge.mo.no.ya.wa./do.ko.de.su.ka.

B: あそこのビルの一階にありますよ。

就在那邊大樓的一樓。

a.so.ko.no.bi.ru.no.i.kka.i.ni.a.ri.ma.su.yo.

ガイドマップはどこにありますか？

哪裡有導覽地圖？

ga.i.do.ma.ppu.wa./do.ko.ni.a.ri.ma.su.ka.

説明

詢問哪裡可以拿到導覽地圖的說法。

類句

ガイドマップはどこでもらえますか？

請問哪裡可以拿到導覽地圖？

ga.i.do.ma.ppu.wa./do.ko.de.mo.ra.e.ma.su.ka.

會話

A: ガイドマップはどこにありますか？

請問哪裡有導覽地圖？

ga.i.do.ma.ppu.wa./do.ko.ni.a.ri.ma.su.ka.

B: 入り口の横にあるはずです。

應該在入口旁邊就有。

i.ri.gu.chi.no.yo.ko.ni.a.ru.ha.zu.de.su.

部屋は空いていますか？

請問還有空房間嗎？

he.ya.wa./a.i.te.i.ma.su.ka.

説明

向飯店預約訂房時，詢問是否還有空房時的説法。

類句

空き部屋はありますか？

還有空房嗎？

a.ki.be.ya.wa./a.ri.ma.su.ka.

會話

A: いま、部屋は空いていますか？

請問，現在還有空房間嗎？

i.ma./he.ya.wa./a.i.te.i.ma.su.ka.

B: はい、まだ空き部屋がありますよ

是的，現在還有空房。

ha.i/ma.da.a.ki.be.ya.ga.a.ri.ma.su.yo.

予約をしたいんですが
よやく

我想要預約

yo.ya.ku.o.shi.ta.in.de.su.ga.

説明

預約訂房時常用到的起始句。

會話

A: あの、予約をしたいんですが。

那個，我想要預約訂房。

a.no./yo.ya.ku.o./shi.ta.in.de.su.ga.

B: 申し訳ございません。ただいま満室になっております。

很抱歉。目前房間都已經客滿了。

mo.u.shi.wa.ke.go.za.i.ma.sen./ta.da.i.ma./man.shi.tsu.ni.na.tte.
o.ri.ma.su.

シングルルームは一泊でいくらですか？

請問單人房一晚多少錢？

shin.gu.ru.ruu.mu.wa./i.ppa.ku.de.i.ku.ra.de.su.ka.

説明

用於詢問房價的疑問句。一般都會明白告知房型、數量以及預定住宿的天數，對方才能告知明確的房價。「一泊」是指住宿一晚，依此類推，如果是有附早餐或是晚餐，説法則是「一泊一食」，表示住宿一天附一餐。

會話

A: シングルルームは一泊でいくらですか？

請問單人房一晚多少錢？

shin.gu.ru.ruu.mu.wa./i.ppa.ku.de.i.ku.ra.de.su.ka.

B: 朝食がつくかどうかで、価格が違います。

需要附早餐嗎？價格上會有不同。

cho.u.syo.ku.ga./tsu.ku.ka.do.u.ka.de./ka.ka.ku.ga.chi.ga.i.ma.su.

A: 朝食付きでお願いします。おいくらですか？

麻煩你幫我附早餐的。是多少錢？

cho.u.syo.ku.tsu.ki.de./o.ne.ga.i.shi.ma.su./o.i.ku.ra.de.su.ka.

B: 一泊で八千円でございます。

一晚是八千日圓。

i.ppa.ku.de.ha.ssen.en.de.go.za.i.ma.su.

お一人様でしょうか？

ひとりさま

請問是一個人嗎？

o.hi.to.ri.sa.ma.de.syo.u.ka.

説明

通常是飯店的服務人員向顧客詢問入住人數時的問句。

類句

お一人様でございますか？
ひとりさま
請問是一位嗎？
o.hi.to.ri.sa.ma.de.go.za.i.ma.su.ka.

會話

A：いらっしゃいませ。お一人様でしょうか？
ひとりさま
　　歡迎光臨。請問是一個人嗎？
　　i.ra.sya.i.ma.se./o.hi.to.ri.sa.ma.de.syo.u.ka.

B：いいえ、ふたりです。
　　不是，是兩個人。
　　i.i.e./fu.ta.ri.de.su.

朝食は付きますか？

有附送早餐嗎？

cho.u.syo.ku.wa./tsu.ki.ma.su.ka.

説明

因為住宿飯店不一定都會附贈早餐，房價也會有所差異，詢問是
否有附贈早餐時就可以用這句問句。

類句

朝食付き。

含早餐。

cho.u.syo.ku.tsu.ki.

會話

A: この部屋は朝食は付きますか？

請問這房間有附贈早餐嗎？

ko.no.he.ya.wa./cho.u.syo.ku.wa./tsu.ki.ma.su.ka.

B: はい、つきます。

是的，這間有附早餐。

ha.i./tsu.ki.ma.su.

禁煙フロアに泊まりたいです

我想住在禁煙樓層

kin.en.fu.ro.a.ni./to.ma.ri.ta.i.de.su.

説明

用於訂房時告知訂房人員希望可以住宿於禁煙樓層的説法。

類句

禁煙フロアに空き部屋がありますか？

禁煙樓層還有空房間嗎？

kin.en.fu.ro.a.ni./a.ki.be.ya.ga.a.ri.ma.su.ka.

會話

A: あの、禁煙フロアに泊まりたいです。空き部屋がありますか？

那個，我想要住在禁煙樓層。請問還有空房間嗎？

a.no./kin.en.fu.ro.a.ni.to.ma.ri.ta.i.de.su./a.ki.be.ya.ga./a.ri.ma.su.ka.

B: はい、あります。

是的，目前還有。

ha.i./a.ri.ma.su.

チェックアウトします

退房

che.kku.a.u.to.shi.ma.su.

説明

用於辦理退房手續時的説法，入住check in時則可以説「チェック
インをお願いします」。

類句

チェックアウトお願いします。

麻煩你我要辦退房。

che.kku.a.u.to.o.ne.ga.i.shi.ma.su.

會話

A: そろそろチェックアウトします。

差不多是退房的時間了。

so.ro.so.ro.che.kku.a.u.to.shi.ma.su.

B: もうこんな時間ですが。

都已經這麼晚了。

mo.u.kon.na.ji.kan.de.su.ga.

2 飯店住宿

エアコンの使い方を教えてください
請告訴我空調的操作方法
e.a.kon.no.tsu.ka.i.ka.ta.o./o.shi.e.te.ku.da.sa.i.

説明

當不瞭解飯店房間內設備的使用方式時，可以請客房服務人員告知使用方法，此時，就可以用到這句。

類句

エアコンはどうやって使いますか？
空調要如何操作？
e.a.kon.wa./do.u.ya.tte./tsu.ka.i.ma.su.ka.

會話

A: エアコンの使い方を教えてください。

請告訴我空調的操作方法。

e.a.kon.no.tsu.ka.i.ka.ta.o./o.shi.e.te.ku.da.sa.i.

B: テーブルに説明書があります。その中に書いてあります よ。

桌上有使用説明書。裡面寫的很清楚。

tee.bu.ru.ni./se.tsu.me.i.syo.ga./a.ri.ma.su./so.no.na.ka.ni.ka.i.te.a.ri.ma.su.yo.

ちょっとチェックしてください

請幫我確認一下

cho.tto.che.kku.shi.te.ku.da.sa.i.

説明

用於房間內有任何問題，需要請飯店服務人員前來確認的時候。

類句

ちょっと確認してください。

請幫我確認一下。

cho.tto.ka.ku.nin.shi.te.ku.da.sa.i.

會話

A: 部屋のお湯が出ないんですが、ちょっとチェックして
ください。

房間裡沒有熱水，可以請你幫我確認一下嗎？

he.ya.no.o.yu.ga.de.na.in.de.su.ga./ cho.tto.che.kku.shi.te.ku.da.sa.i.

B: かしこまりました。すぐうかがいます。

知道了。馬上就上去看。

ka.shi.ko.ma.ri.ma.shi.ta./su.gu.u.ka.ga.i.ma.su.

故障しています
こ　しょう

故障了／壞了

ko.syo.u.shi.te.i.ma.su.

説明

表達有設備或是物品有問題或是故障的情形。

類句

壊れました。
こわ

壞掉了。

ko.wa.re.ma.shi.ta.

會話

A: この部屋のエアコンは変だな、たぶん故障している
んだ。

這房間的冷氣怪怪的，大概是壞了。

ko.no.he.ya.no.e.a.kon.wa.hen.da.na./ta.bun.ko.syo.u.shi.te.i.run.da.

B: とりあえず、フロントに電話しましょう。

總之，先打個電話給櫃台吧。

to.ri.a.e.zu./fu.ron.to.ni.den.wa.shi.ma.syo.u.

どのように国際電話をかければいい
ですか？

要怎麼撥打國際電話呢？

do.no.yo.u.ni.ko.ku.sa.i.den.wa.o./ka.ke.re.ba.i.i.de.su.ka.

説明

用於詢問撥打國際電話的方法。

類句

どうやって国際電話をかけるんですか？

要怎麼撥打國際電話呢？

do.u.ya.tte.ko.ku.sa.i.den.wa.o./ka.ke.run.de.su.ka.

會話

A: どのように国際電話をかければいいですか？

要怎麼撥打國際電話呢？

do.no.yo.u.ni.ko.ku.sa.i.den.wa.o./ka.ke.re.ba.i.i.de.su.ka.

B: まずは0を押して、そして電話番号をダイヤルすれば
良いんですよ。簡単ですよ。

首先先按下按鍵0，之後直接撥打電話號碼就可以了，方法很
簡單。

ma.zu.wa./re.i.o.o.shi.te./so.shi.te.den.wa.ban.go.u.o.da.i.ya.
ru.su.re.ba.i.in.de.su.yo./kan.tan.de.su.yo.

鍵をなくしました
かぎ

鑰匙遺失了

ka.gi.o.na.ku.shi.ma.shi.ta.

説明

用於表達鑰匙遺失了的説法。

類句

鍵を落としました。
かぎ　　お

鑰匙弄丟了。

ka.gi.o./o.to.shi.ma.shi.ta.

會話

A: しまった。部屋の鍵をなくしました。
　　　　　　　へ や　かぎ

糟了，房間的鑰匙不見了。

shi.ma.tta./he.ya.no.ka.gi.o./na.ku.shi.ma.shi.ta.

B: とりあえず、フロントに聞きましょう。
　　　　　　　　　　　　　　き

總之，先問一下櫃台。

to.ri.a.e.zu./fu.ron.to.ni.ki.ki.ma.sho.u.

レストランは何階<ruby>なんかい</ruby>にありますか？

餐廳在幾樓？

re.su.to.ran.wa./nan.ka.i.ni.a.ri.ma.su.ka.

説明

用來詢問餐廳在哪一樓的問句。

類句

レストランは何階<ruby>なんかい</ruby>ですか？

餐廳在哪一樓？

re.su.to.ran.wa./nan.ka.i.de.su.ka.

會話

A: ここに書<ruby>か</ruby>いてあるレストランは何階<ruby>なんかい</ruby>にありますか。

這裡寫的餐廳請問在幾樓？

ko.ko.ni.ka.i.te.a.ru.re.su.to.ran.wa./nan.ka.i.ni.a.ri.ma.su.ka.

B: あ、このレストランは地下一階<ruby>ち かいっかい</ruby>にあります。

啊，這家餐廳在地下一樓。

a./ko.no.re.su.to.ran.wa./chi.ka.i.kka.i.ni.a.ri.ma.su.

モーニングコールをしてください

請幫我Moring Call

moo.nin.gu.koo.ru.o./shi.te.ku.da.sa.i.

説明

用於請飯店人員給予早上起床電話服務的説法。

會話

A: もしもし、あしたのモーニングコールをしてください。

請問明天早上可以幫我Moring Call。

mo.shi.mo.shi./a.shi.ta.no.noo.nin.gu.koo.ru.o.shi.te.ku.da.sa.i.

B: 何時がよろしいですか？

請問時間是？

nan.ji.ga.yo.ro.shi.i.de.su.ka.

A: ８時です。

麻煩你八點。

ha.chi.ji.de.su.

B: かしこまりました。

好的，瞭解了。

ka.shi.ko.ma.ri.ma.shi.ta.

鍵<ruby>かぎ</ruby>をください

請給我鑰匙

ka.gi.o.ku.da.sa.i.

説明

用於由外面返回飯店時，向櫃台人員索取房間鑰匙的説法。

類句

鍵<ruby>かぎ</ruby>をお願<ruby>ねが</ruby>いします。

請給我鑰匙。

ka.gi.o./o.ne.ga.i.shi.ma.su.

會話

A: すみません、鍵<ruby>かぎ</ruby>をください。

　麻煩你，請給我鑰匙。

　su.mi.ma.sen./ka.gi.o.ku.da.sa.i.

B: あのう、部屋番号<ruby>へやばんごう</ruby>は何番<ruby>なんばん</ruby>ですか？

　請問房間號碼是幾號？

　a.no.u./he.ya.ban.go.u.wa./nan.ban.de.su.ka.

クリーニングを頼みたいのですが

麻煩你打掃房間

ku.rii.nin.gu.o./ta.no.mi.ta.i.no.de.su.ga.

説明

與前面提到的「部屋を掃除しないでください。」剛好相反。是
請清潔人員打掃房間的説法。

類句

クリーニングをお願いします。

麻煩你打掃一下。

ku.rii.nin.gu.o./o.ne.ga.i.shi.ma.su.

會話

A: この部屋のクリーニングを頼みたいのですが。

想麻煩你打掃房間。

ko.no.he.ya.no.ku.rii.nin.gu.o./ta.no.mi.ta.i.no.de.su.ga.

B: わかりました。すぐいきます。

知道了。稍後馬上就過去。

wa.ka.ri.ma.shi.ta./su.gu.i.ki.ma.su.

どこでインターネットが使えますか？

哪裡可以上網？

do.ko.de.in.taa.ne.tto.ga./tsu.ka.e.ma.su.ka.

説明

在日本的飯店並不是每間飯店都有提供免費的無線上網服務，如果需要上網，可以向櫃台人員詢問可以上網的地方以及是否有費用的問題。

類句

どこでインターネットができますか。

哪裡可以上網？

do.ko.de.in.taa.ne.tto.ga./de.ki.ma.su.ka.

會話

A: ホテルのどこでインターネットが使えますか？

請問飯店裡哪裡可以上網？

ho.te.ru.no.do.ko.de./in.taa.ne.tto.ga./tsu.ka.e.ma.su.ka.

B: 部屋とロビーでもインターネットが使えます。

房間內和大廳都可以上網。

he.ya.to.ro.bii.de.mo.in.taa.ne.tto.ga./tsu.ka.e.ma.su.

お札を小銭に替えてもらえますか？

可以幫我把大鈔換成零錢嗎？

o.sa.tsu.o./ko.ze.ni.ni./ka.e.te.mo.ra.e.ma.su.ka.

説明

用於需要將大面額紙鈔兌換成較小面額的紙鈔時可用的説法。

類句

小銭に両替したいのですが。

我想換成小鈔。

ko.ze.ni.ni./ryo.u.ga.e.shi.ta.i.no.de.su.ga.

會話

A: お札を小銭に替えてもらえますか？

可以幫我把大鈔換成零錢嗎？

o.sa.tsu.o./ko.ze.ni.ni./ka.e.te.mo.ra.e.ma.su.ka.

B: かしこまりました。百円でいいですか？

好的。換成百元鈔可以嗎？

ka.shi.ko.ma.ri.ma.shi.ta./hya.ku.en.de.i.i.de.su.ka.

空港への送迎サービスはありますか？
くうこう　　　　　そうげい

有機場接送服務嗎？

ku.u.ko.u.he.no.so.u.ge.i.saa.bi.su.wa./a.ri.ma.su.ka.

説明

用於詢問飯店是否有提供房客機場的接送接駁服務。

類句

空港行きのバスはありますか？
くうこうゆ

請問要往機場的接駁公車嗎？

ku.u.ko.u.yu.ki.no.ba.su.wa./a.ri.ma.su.ka.

會話

A: ここに空港への送迎サービスはありますか？
くうこう　　　　そうげい

請問這裡有機場接送服務嗎？

ko.ko.ni./ku.u.ko.u.he.no.so.u.ge.i.saa.bi.su.wa./a.ri.ma.su.ka.

B: はい、ありますよ。いま予約しますか？
よやく

是，有的。現在要預約嗎？

ha.i./a.ri.ma.su.yo./i.ma.yo.ya.ku.shi.ma.su.ka.

宿泊費用の明細をください
しゅくはく ひ よう　　めいさい

請給我住宿消費明細

syu.ku.ha.ku.hi.yo.u.no.me.i.sa.i.o./ku.da.sa.i.

説明

用於退房時，請櫃台人員提供住宿所有消費明細的説法。

類句

宿泊費用の明細をお願いします。
しゅくはくひよう　めいさい　　　　　　　　ねが

請給我住宿消費明細。

syu.ku.ha.ku.hi.yo.u.no.me.i.sa.i.o./o.ne.ga.i.shi.ma.su.

會話

A: 宿泊費用の明細をください。
しゅくはく ひ よう　　めいさい

請給我住宿消費明細。

syu.ku.ha.ku.hi.yo.u.no.me.i.sa.i.o./ku.da.sa.i.

B: こちら明細です。ご覧ください。
めいさい　　　　　らん

明細在這裡。請您過目。

ko.chi.ra.me.i.sa.i.de.su./go.ran.ku.da.sa.i.

ルームキーを<ruby>預<rt>あず</rt></ruby>けたいんですが

我想寄放房間鑰匙

ruu.mu.kii.o./a.zu.ke.ta.in.de.su.ga.

説明

用於告知櫃台人員希望可以寄放鑰匙的説法。

類句

ルームキーを<ruby>預<rt>あず</rt></ruby>けていいですか？

可以寄放房間鑰匙嗎？

ruu.mu.kii.o./a.zu.ke.re.i.i.de.su.ka.

會話

A: ルームキーを<ruby>預<rt>あず</rt></ruby>けたいんですが。

我想寄放房間鑰匙。

ruu.mu.kii.o./a.zu.ke.ta.in.de.su.ga.

B: かしこまりました。ちゃんと<ruby>受<rt>う</rt></ruby>け<ruby>取<rt>と</rt></ruby>りました。

好的。確實收下您的鑰匙了。

ka.shi.ko.ma.ri.ma.shi.ta./chan.to.u.ke.to.ri.ma.shi.ta.

薬がほしいです
くすり

我需要吃藥

ku.su.ri.ga./ho.shi.i.de.su.

説明

身體不舒服覺得需要吃藥獲得舒緩，告訴他人自己需求的説法。

類句

薬を飲みたい。
くすり の

我想吃藥。

ku.su.ri.o./no.mi.ta.i.

會話

A: どうしましたか？

怎麼了嗎？

do.u.shi.ma.shi.ta.ka.

B: のどが痛くて、かぜかもしれません。
いた

喉嚨有點痛，我想是感冒了。

no.do.ga.i.ta.ku.te./ka.ze.ka.mo.shi.re.ma.sen.

A: どうしましょうか？

那要怎麼辦呢？

do.u.shi.ma.syo.u.ka.

B: 薬がほしいです。薬を飲んで ちょっと休めば
くすり くすり の やす
大丈夫です。
だいじょうぶ

我需要吃藥、吃了藥再稍微休息一下應該就沒問題了。

ku.su.ri.ga./ho.shi.i.de.su./ku.su.ri.o.non.de./cho.tto.ya.su.
me.ba./da.i.jo.u.bu.de.su.

近^{ちか}くに薬局^{やっきょく}がありますか？

附近有藥局嗎？

chi.ka.ku.ni./ya.kkyo.ku.ga./a.ri.ma.su.ka.

説明

日文中的藥局還要另一種説法「薬屋^{くすりや}」，一般來説較大型的「薬屋^{くすりや}」除了有販賣一般藥品之外，還有化妝品以及生活用品，也就是我們説得藥妝店。因為在日本去醫院就醫並不便宜，因此大部分的人如果只是小感冒或是頭痛、胃痛等小毛病，都只是去買藥服用。

會話

A: 近^{ちか}くに薬局^{やっきょく}がありますか？

附近有藥局嗎？

chi.ka.ku.ni./ya.kkyo.ku.ga./a.ri.ma.su.ka.

B: 薬局^{やっきょく}はないですけど、病院^{びょういん}はあります。病院^{びょういん}に連^つれていきましょうか？

沒有藥局，但是有醫院。需要帶你去醫院嗎？

ya.kkyo.ku.wa.na.i.de.su.ke.do./byo.u.in.wa.a.ri.ma.su./byo.u.in.ni.tsu re.te.i.ki.ma.syo.u.ka.

具合が悪いです

ぐ あい　　わる

不舒服

gu.a.i.ga.wa.ru.i.de.su.

説 明

形容狀況不好，身體不舒服的説法。類似的説法還有「調子が悪い」。
ちょうし
わる

類 句

ちょうし　わる
調子が悪いです。

身體狀況不好。

cho.u.shi.ga./wa.ru.i.de.su.

會 話

A: どこか具合が悪いですか？
ぐ あい　わる

哪裡不舒服呢？

do.ko.ka.gu.a.i.ga.wa.ru.i.de.su.ka.

B: 歯が痛いです。鎮痛剤がほしいです。
は　いた　　　ちんつうざい

我的牙齒在痛。需要止痛藥。

ha.ga.i.ta.i.de.su./chin.tsu.u.za.i.ga./ho.shi.i.de.su.

財布がなくなった
さい ふ

錢包不見了

sa.i.fu.ga.na.ku.na.tta.

説明

用來表達錢包不見了的狀況。

類句

財布を落としました。
さい ふ　　　　お

錢包遺失了。

sa.i.fu.o./o.to.shi.ma.shi.ta.

會話

A: やばい。財布がなくなった。
　　　　　　さい ふ

不好了，錢包不見了。

ya.ba.i./sa.i.fu.ga.na.ku.na.tta.

B: 本当？ちゃんともう一度探して。
　 ほんとう　　　　　　　　　 いち ど さが

真的假的？要仔細的找一次看看。

hon.to.u./chan.to.mo.u.i.chi.do.sa.ga.shi.te.

手伝ってください。
請幫幫我
て つだ

te.tsu.da.tte.ku.da.sa.i.

用於請求他人幫助的說法。

手伝ってくれませんか？
て つだ
可以幫個忙嗎？
te.tsu.da.tte.ku.re.ma.sen.ka.

A: ちょっと手伝ってくださいませんか？
て つだ

　可以請你幫幫我嗎？

　cho.tto./te.tsu.da.tte.ku.da.sa.i.ma.sen.ka.

B: 何をしましょうか？
なに

　你需要我幫你做什麼呢？

　na.ni.o.shi.ma.syo.u.ka.

戻って探してみたいです

想回頭找找看

mo.do.tte.sa.ga.shi.te.mi.ta.i.de.su.

説明

表達想回頭去找找看的説法，通常用於遺失東西後想回頭尋找的時候。

類句

探したいですが。

我想找找看。

sa.ga.shi.ta.i.de.su.ga.

會話

A: 忘れ物をもう一度戻って探してみたいです。

想回頭找看看遺失的東西。

wa.su.re.mo.no.o./mo.u.i.chi.do./mo.do.tte.sa.ga.shi.te.mi.ta.i.de.su.

B: じゃ、一緒に探しにいきましょう。

那，一起去找看看吧。

ja./i.ssyo.ni.sa.ga.shi.ni.i.ki.ma.syo.u.

やめなさい

請不要這樣做／請住手

ya.me.na.sa.i.

説明

「～なさい」表示「請」的意思。因此，這句有請停止的含意。

會話

A: そんなことは、もうしないでください。

請不要再做這種事了。

son.na.ko.to.wa./mo.u.shi.na.i.de.ku.da.sa.i.

B: はい、わかりました。

好，我知道了。

ha.i./wa.ka.ri.ma.shi.ta.

會話

A: もう　まったく。そんなこともうやめなさい。

真是的，請不要再這樣了。

mo.u./ma.tta.ku./son.na.ko.to.mo.u.ya.me.na.sa.i.

B: どうして 急 にそんなに怒るの？

為什麼突然那麼生氣？

do.u.shi.te./kyu.u.ni.son.na.ni.o.ko.ru.no.

ビザの期限が過ぎてしまいました。
簽證已經過期了
bi.za.no.ki.gen.ga./su.gi.te.shi.ma.i.ma.shi.ta.

説明

「ビザ」是指簽證。「しまいました」有表示完了、終了的狀態。
因此，這句表示簽證已經過期了。

類句

パスポートの有効期限が切れました。
護照的有效期限已經過期了。
pa.su.poo.to.no.yu.u.ko.u.ki.gen.ga./ki.re.ma.shi.ta.

會話

A: 忘れてた！わたし、ビザの期限が過ぎてしまいました。

我都忘了。我的簽證已經過期了。

wa.su.re.te.ta./wa.ta.shi./bi.za.no.ki.gen.ga./su.gi.te.shi.ma.i.ma.
shi.ta.

B: はやくあたらしいビザを申請しに行って下さい。

那趕緊去辦新的簽證。

ha.ya.ku./a.ta.ra.shi.i.bi.za.o./shin.se.i.shi.ni.i.tte.ku.da.sa.i.

クレジットカードを落としました

信用卡遺失了

ku.re.ji.tto.kaa.do.o./o.to.shi.ma.shi.ta.

説明

「～を落としました」與「なくなりました」同樣都是遺失東西的說法。

類句

クレジットカードがなくなりました。

信用卡不見了。

ku.re.ji.tto.kaa.do.ga./na.ku.na.ri.ma.shi.ta.

會話

A: 困った。クレジットカードを落としました。

糟了。信用卡遺失不見了。

ko.ma.tta./ku.re.ji.tto.kaa.do.o./o.to.shi.ma.shi.ta.

B: どこで落としたのか本当に覚えてないんですか？

你真的想不起來掉在哪裡嗎？

do.ko.de.o.to.shi.ta.no.ka./hon.to.u.ni.o.bo.e.te.na.in.de.su.ka.

電話を貸してもらえませんか？

電話可以借我一下嗎？

den.wa.o./ka.shi.te.mo.ra.e.ma.sen.ka.

説明

「～を貸してもらえませんか」用來表示希望可以向他人借某樣東西的説法。

類句

電話を貸してくれますか？

可以借我電話嗎？

den.wa.o./ka.shi.te.ku.re.ma.su.ka.

會話

A: 電話を貸してもらえませんか？

電話可以借我一下嗎？

den.wa.o./ka.shi.te.mo.ra.e.ma.sen.ka.

B: もちろんいいですよ。でも、あなたの電話は？

當然可以。只不過那你的電話呢？

mo.chi.ron.i.i.de.su.yo./de.mo./a.na.ta.no.den.wa.wa.

コンタクトの洗浄液をください

請給我隱形眼鏡清潔液

kon.ta.ku.to.no.sen.jyo.u.e.ki.o.ku.da.sa.i.

説明

對於有戴隱形眼鏡的人，需要購買清潔液的時候，可以用這句告知店員自己的需求。

會話

A: すいません、コンタクトの洗浄液をください。

麻煩你，請給我隱形眼鏡清潔液。

su.i.ma.sen./kon.ta.ku.to.no.sen.jo.u.e.ki.o.ku.da.sa.i.

B: 慣れているブランドがありますか？

有習慣使用的廠牌嗎？

na.re.te.i.ru.bu.ran.do.ga.a.ri.ma.su.ka.

A: いいえ、別に。一番人気なのをおねがいします。

沒有。就給我目前最受歡迎的就好。

i.i.e./be.tsu.ni./i.chi.ban.nin.ki.na.no.o./o.ne.ga.i.shi.ma.su.

薬 にアレルギーがあります
對藥物過敏

ku.su.ri.ni.a.re.ru.gii.ga./a.ri.ma.su.

説 明

用於告知醫生或是藥劑師自己有藥物過敏的問題。

類 句

薬物アレルギーがありますか。

有對藥物過敏嗎？

ya.ku.bu.tsu.a.re.ru.gii.ga./a.ri.ma.su.ka.

會 話

A: どうして 薬 を飲まないのですか？

你為什麼不吃藥呢？

do.u.shi.te./ku.su.ri.o.no.ma.na.i.no.de.su.ka.

B: 薬 にアレルギーがありますから。

因為我對藥物過敏。

ku.su.ri.ni.a.re.ru.gii.ga./a.ri.ma.su.ka.ra.

どうしたんですか？

怎麼了？

do.u.shi.tan.de.su.ka.

説明

用來詢問對方發生什麼事情？無論是身體狀況、近況或是工作上的事情都能用這問句。

類句

どうしましたか？

你怎麼了？

do.u.shi.ma.shi.ta.ka.

會話

A: どうしたんですか？

你怎麼了？

do.u.shi.tan.de.su.ka.

B: よくわからないけど、かぜをひいたようです。

雖然還不確定，但是我想應該是感冒了。

yo.ku.wa.ka.ra.na.i.ke.do./ka.ze.o.hi.i.ta.yo.u.de.su.

頭が痛い

あたま　いた

頭痛

a.ta.ma.ga.i.ta.i.

説明

「～が痛い」用來形容哪個部位疼痛、不舒服。

いた

類句

頭痛がする。

ずつう

感到頭痛。

zu.tsu.u.ga.su.ru.

會話

A: どこか 調子が悪いですか？

ちょうし　わる

哪裡不舒服？

do.ko.ka./cho.u.shi.ga.wa.ru.i.de.su.ka.

B: 頭が痛いんです。

あたま　いた

我的頭很痛。

a.ta.ma.ga./i.ta.in.de.su.

あなたもできる！日本語会話帳

交通生活篇

Part 5

1 地下鐵

ここから一番近い地下鉄の駅はどこですか
離這裡最近的地下鐵車站在哪裡？

ko.ko.ka.ra./i.chi.ban.chi.ka.i.chi.ka.te.tsu.no.e.ki.wa./
do.ko.de.su.ka.

説明

用於詢問距離所在地最近的地下鐵車站的位置。

類句

最寄りの駅はどこですか？
最近的車站在哪裡？
mo.yo.ri.no.e.ki.wa./do.ko.de.su.ka.

會話

A: 上野へ行きたいですが、ここから一番近い地下鉄
の駅はどこですか？

我要去上野，那離這裡最近的捷運站在哪裡呢？

u.e.no.he.i.ki.ta.i.de.su.ga./ko.ko.ka.ra./i.chi.ban.chi.ka.i.chi.
ka.te.tsu.no.e.ki.wa./do.ko.de.su.ka.

B: この先にすぐあります。歩いて5分ぐらいのところです。

就在前面就有。步行也只要5分鐘左右。

ko.no.sa.ki.ni.su.gu.a.ri.ma.su./a.ru.i.te./go.fun.gu.ra.i.no.to.ko.
ro.de.su.

切符売り場はどこですか？
きっぷ う ば

售票處在哪裡？

ki.ppu.u.ri.ba.wa./do.ko.de.su.ka.

説明

用來詢問售票處的所在地。可以購票的地方除了「切符売り場」
きっぷ う ば
之外，也可以在自動售票機以機器購票。

類句

切符売り場はどこにありますか？
きっぷ う ば

售票處在哪裡？

ki.ppu.u.ri.ba.wa./do.ko.ni.a.ri.ma.su.ka.

會話

A: 切符売り場はどこですか？
きっぷ う ば

請問售票處在哪裡？

ki.ppu.u.ri.ba.wa./do.ko.de.su.ka.

B: ちょっと遠いですよ。券売機を使いませんか。
とお けんばい き つか

有點遠耶。要不要使用自動售票機。

cho.tto.to.o.i.de.su.yo./ken.ba.i.ki.o.tsu.ka.i.ma.sen.ka.

1 地下鐵

払い戻してください
はら　もど

請幫我退票

ha.ra.i.mo.do.shi.te.ku.da.sa.i.

説明

「払い戻し」的意思是「退還」，多用於退票或是退費，這句在
はら　もど
此是表達希望可以退還車費的意思。

類句

払い戻しお願いします。
はら　もど　　　　ねが

請幫我退票。

ha.ra.i.mo.do.shi.o.ne.ga.i.shi.ma.su.

會話

A: すみません、切符を払い戻してください。
　　　　　　　　きっぷ　はら　もど

不好意思，請幫我退票。

su.mi.ma.sen./ki.ppu.o.ha.ra.i.mo.do.shi.te.ku.da.sa.i.

B: はい、少々お待ちください。
　　　　しょうしょう　ま

好的，請稍等一下。

ha.i./syo.u.syo.u.o.ma.chi.ku.da.sa.i.

どの出口ですか？

要走那個出口？

do.no.de.gu.chi.de.su.ka.

説明

用於詢問該往哪個方向的出口離開。

類句

どの出口から出ればいいですか？

從哪個出口出去比較好？

do.no.de.gu.chi.ka.ra.de.re.ba.i.i.de.su.ka.

會話

A: 歌舞伎町に行きたいですが、どの出口ですか？

我要去歌舞伎町，要走那個出口呢？

ka.bu.ki.cho.u.ni.i.ki.ta.i.de.su.ga./do.no.de.gu.chi.de.su.ka.

B: 歌舞伎町ですか？西口です。

歌舞伎町嗎？從西口出去就可以。

ka.bu.ki.cho.u.de.su.ka./ni.shi.gu.chi.de.su.

1 地下鐵

かいさつ　とお
改札を通れません
閘門不能通過

ka.i.sa.tsu.o./to.o.re.ma.sen.

説 明

當票閘門故障或是車票有問題，無法順利通過時，就可以這句表達無法通過閘門的情況。

會 話

A: すみません、改札を通れません。駅員はどこにいますか？

不好意思，閘門不能通過。請問站務員在嗎？

su.mi.ma.sen./ka.i.sa.tsu.o.to.o.re.ma.sen./e.ki.in.wa./do.ko.de.su.ka.

B: ちょっと待ってください。すぐ連絡します。

請稍等一下。我馬上就去聯繫。

cho.tto.ma.tte.ku.da.sa.i./su.gu.ren.ra.ku.shi.ma.su.

乗り換えはどこですか？
の　　か

要在哪裡轉乘？

no.ri.ka.e.wa./do.ko.de.su.ka.

説明

用於詢問要在何處轉乘的説法。「乗り換え」是換車的意思。
の　か

類句

どの駅で乗り換えればいいですか？
えき　の　か

請問要在哪一站轉車？

do.no.e.ki.de.no.ri.ka.e.re.ba.i.i.de.su.ka.

會話

A: 浅草行きの列車に乗りたいですが、乗り換えはどこ
あさくさゆ　　れっしゃ　の　　　　　　　　の　か
ですか？

我要搭前往淺草的列車，請問要在哪裡轉乘？

a.sa.ku.sa.yu.ki.no.re.ssya.ni.no.ri.ta.i.de.su.ga./no.ri.ka.e.wa./
do.ko.de.su.ka.

B: 次の駅で乗り換えてください。
つぎ　えき　の　か

可以在下一站轉乘。

tsi.gi.no.e.ki.de./no.ri.ka.e.te.ku.da.sa.i.

1　地下鐵

あと何駅ですか？
なんえき

還有幾站？

a.to.nan.e.ki.de.su.ka.

説明

詢問還有幾站才到達目的地的説法。

類句

あとどれくらいしたら着きますか？
つ

還要多久才會到？

a.to.do.re.ku.ra.i.shi.ta.ra./tsu.ki.ma.su.ka.

會話

A: 大阪まであと何駅ですか？
おおさか　　　　　なんえき

　要到大阪還有幾站呢？

　o.o.sa.ka.ma.de./a.to.nan.e.ki.de.su.ka.

B: あと二駅です。もうすぐ着きます。
ふたえき　　　　　　　　つ

　還有兩站。馬上就到了。

　a.to.fu.ta.e.ki.de.su./mo.u.su.gu.tsu.ki.ma.su.

もう過ぎました
已經過站了
mo.u.su.gi.ma.shi.ta.

説明

「もう」有「已經」的含意。這句話用來表現已經過站了。

類句

もう着きました。
已經到了。
mo.u.tsu.ki.ma.shi.ta.

會話

A: あれっ、もう過ぎました。

啊，已經過站了。

a.re./mo.u.su.gi.ma.shi.ta.

B: ええ、本当だ。早く降りたほうがいいよ。

真的耶。還是快點下車吧。

e.e./hon.to.u.da./ha.ya.ku.o.ri.ta.ho.u.ga.i.i.yo.

1 地下鐵

片道切符を二枚ください

請給我兩張單程車票

ka.ta.mi.chi.ki.ppu.o./ni.ma.i.ku.da.sa.i.

説明

日文中票券的單位是「枚」。此句型用於購買車票或是其他票券的情況。

類句

片道切符を二枚お願いします。

請給我兩張單程車票。

ka.ta.mi.chi.ki.ppu.o./ni.ma.i.o.ne.ga.i.shi.ma.su.

會話

A: すみません、東京行きの片道切符を二枚ください。

不好意思，請給我東京方向的單程車票兩張。

su.mi.ma.sen./to.u.kyo.u.yu.ki.no.ka.ta.mi.chi.ki.ppu.o./ni.ma.
i.ku.da.sa.i.

B: 二枚ですか。かしこまりました。

是兩張嗎？好的。

ni.ma.i.de.su.ka./ka.shi.ko.ma.ri.ma.shi.ta.

何線に乗ればいいですか？
なにせん　　の

要搭乘哪條路線呢？

na.ni.sen.ni.no.re.ba./i.i.de.su.ka.

説明

用來詢問要抵達目的地需要搭乘哪條路線比較好，或是正確的路線。

會話

A: すみません、この場所にいくのに何線に乗ればいいですか？

請問一下，要去這個地方要搭哪條路線呢？

su.mi.ma.sen./ko.no.ba.syo.ni.i.ku.no.ni./na.ni.sen.ni.no.re.ba./i.i.de.su.ka.

B: 2号線に乗るのが一番はやいですよ。

搭乘2號線是最快的路線。

ni.go.u.sen.ni.no.ru.no.ga./i.chi.ban.ha.ya.i.de.su.yo.

1 地下鐵

券売機はどうやって使いますか？

自動售票機要怎麼使用呢？

ken.ba.i.ki.wa./do.u.ya.tte.tsu.ka.i.ma.su.ka.

説明

用於詢問自動售票機的使用方式。

類句

券売機の使い方を教えてくれませんか？

可以教我使用自動售票機的方法嗎？

ken.ba.i.ki.no.tsu.ka.i.ta.ka.o./o.shi.e.te.ku.re.ma.sen.ka.

會話

A: 券売機はどうやって使いますか？

自動售票機要怎麼使用呢？

ken.ba.i.ki.wa./do.u.ya.tte.tsu.ka.i.ma.su.ka.

B: 簡単ですよ。目的地を選んで、お金を入れて、これでOKです。

其實很簡單。先選擇目的地，然後投入金額，這樣就完成了。

kan.tan.de.su.yo./mo.ku.te.ki.chi.o.e.ran.de./o.ka.ne.o.i.re.te./ko.re.de.o.ke.de.su.

2 公車、巴士

最寄りのバス停はどこですか？

請問最近的公車站在哪裡？

mo.yo.ri.no.ba.su.te.i.wa./do.ko.de.su.ka.

説明

用於詢問最近的公車站牌的所在地的疑問句。

類句

一番近いバス停はどこですか？

最近得公車站在哪裡？

i.chi.ban.chi.ka.i.ba.su.te.i.wa./do.ko.de.su.ka.

會話

A: ホテルの最寄りのバス停はどこですか？

飯店附近最近的公車站在哪裡呢？

ho.te.ru.no.mo.yo.ri.no.ba.su.te.i.wa./do.ko.de.su.ka.

B: ホテルの向かいにあります。

飯店的對面就有公車站牌。

ho.te.ru.no.mu.ka.i.ni.a.ri.ma.su.

2 公車、巴士

バスの一日乗車券を一枚ください
請給我一張公車的一日券

ba.su.no.i.chi.ni.chi.jyo.u.sya.ken.o./i.chi.ma.i.ku.da.sa.i.

説明

用於購買公車一日券的説法。「一日乗車券」是指一日券，當天內都有效，不限搭乘次數。

類句

バスの一日乗車券がありますか？
有公車的一日券嗎？

ba.su.no.i.chi.ni.chi.jyo.u.sya.ken.ga./a.ri.ma.su.ka.

バスの一日乗車券を一枚買いたいです。
我想買一張公車的一日券。

ba.su.no.i.chi.ni.chi.jyo.u.sya.ken.o./i.chi.ma.i.ka.i.ta.i.de.su.

會話

A: あの、バスの一日乗車券を一枚ください。

那個，請給我一張公車的一日券。

a.no./ba.su.no.i.chi.ni.chi.jyo.u.sya.ken.o./i.chi.ma.i.ku.da.sa.i.

B: どうぞ、切符でございます。

這是你的車票。

do.u.zo./ki.ppu.de.go.za.i.ma.su.

これは空港行きのバスですか？

這是往機場方向的公車嗎？

ko.re.wa./ku.u.ko.u.yu.ki.no.ba.su.de.su.ka.

説明

用於確認公車路線的句型，要詢問其他路線，替換掉「空港行き」改為其他路線就可以了。

類句

空港行きのバスがありますか？

請問有往機場方向的公車嗎？

ku.u.ko.u.yu.ki.no.ba.su.ga./a.ri.ma.su.ka.

會話

A: すみません、これは空港行きのバスですか？

不好意思，這是往機場方向的公車嗎？

su.mi.ma.sen./ko.re.wa./ku.u.ko.u.yu.ki.no.ba.su.de.su.ka.

B: ええ、これは空港行きのバスです。

嗯，是的。這是往機場方向的公車。

e.e./ko.re.wa./ku.u.ko.u.yu.ki.no.ba.su.de.su.

2 公車、巴士

まえばら
前払いですか？

是上車買票嗎？

ma.e.ba.ra.i.de.su.ka.

説明

用於上車時詢問司機支付車資的方式。如果上車買票的話，就是
由後車門下車。反之，下車時投幣，則是由後門上車，前門下車。

類句

うし　お
後ろ降りですか？

是在後門下車的嗎？

u.shi.ro.o.ri.de.su.ka.

會話

A: このバスは前払いですか？

請問這輛公車是上車買票嗎？

ko.no.ba.su.wa./ma.e.ba.ra.i.de.su.ka.

B: ええ、前払いで、後ろから降りるんです。

是的，上車買票，然後由後門下車。

e.e./ma.e.ba.ra.i.de./u.shi.ro.ka.ra.o.ri.run.de.su.

着いたら、教えてください

如果到了，麻煩你跟我説一聲

tsu.i.ta.ra./o.shi.e.te.ku.da.sa.i.

説明

用於搭乘公車時，不熟悉下車地點，請司機到達目的地前通知自己的説法。

會話

A: すみません、新宿に着いたら、教えてくださいませんか？

不好意思，如果新宿到了，可以請你跟我説一聲嗎？

su.mi.ma.sen./shin.jyu.ku.ni.tsu.i.ta.ra./o.shi.e.te.ku.da.sa.i.ma.sen.ka.

B: わかりました。次です。

瞭解了。下一站就是。

wa.ka.ri.ma.shi.ta./tsu.gi.de.su.

次はいつですか？

下一班車是什麼時候？

tsu.gi.wa./i.tsu.de.su.ka.

説明

用於詢問下一班車的時間。「いつですか」是詢問時間的説法，相較於「何時ですか」，回答的範圍比較廣泛，不限於回答準確時間，也能回覆某段範圍的時間。

類句

次のバスはいつ来ますか？

下一班車什麼時候會來？

tsu.gi.no.ba.su.wa./i.tsu.ki.ma.su.ka.

會話

A: 新宿行きのバス、次はいつですか？

前往新宿的公車，請問下一班車的時間是什麼時候？

shin.jyu.ku.yu.ki.no.ba.su./tsu.gi.wa./i.tsu.de.su.ka.

B: 10分おきに出ているから、もうすぐ来ますよ。

因為每十分鐘一班車，應該很快就會來了。

ju.ppun.o.ki.ni.de.te.i.ru.ka.ra./mo.u.su.gu.ki.ma.su.yo.

この席、空いていますか？

這個位子有人坐嗎？

ko.no.se.ki./a.i.te.i.ma.su.ka.

説明

用於表達確認位子是否是空位的説法。

類句

この席に座っている人がいますか？

這個位子有人坐嗎？

ko.no.se.ki.ni./su.wa.tte.i.ru.hi.to.ga./i.ma.su.ka.

會話

A: すみません、この席、空いていますか？

不好意思，請問這個位子有人坐嗎？

su.mi.ma.sen./ko.no.se.ki./a.i.te.i.ma.su.ka.

B: はい、空いています。どうぞ。

嗯，是空的。請坐。

ha.i./a.i.te.i.ma.su./do.u.zo.

ここで降^おります
在這裡下車
ko.ko.de.o.ri.ma.su.

説明

「降^おります」是下車的意思，「乗^のります」則是上車。

類句

ここでバスを降^おります。
在這裡下車。
ko.ko.de./ba.su.o.o.ri.ma.su.

會話

A: つきましたよ。ここで降^おります。

我們到了。在這裡下車。

tsu.ki.ma.shi.ta.yo./ko.ko.de.o.ri.ma.su.

B: もうついたんですか。はやいね。

我們已經到囉。很快耶。

mo.u.tsu.i.tan.de.su.ka./ha.ya.i.ne.

3 飛機

ほかの席に座りたいのですが

我想坐其他的位子

ho.ka.no.se.ki.ni./su.wa.ri.ta.i.no.de.su.ga.

説明

用來表達想換其他位子的説法。

類句

ほかの席がありますか？

還有其他的座位嗎？

ho.ka.no.se.ki.ga./a.ri.ma.su.ka.

會話

A: ほかの席に座りたいのですが、まだ空いていますか？

我想坐其他的位子，請問還有空位嗎？

ho.ka.no.se.ki.ni./su.wa.ri.ta.i.no.de.su.ga./ma.da.a.i.te.i.ma.su.ka.

B: かしこまりました。すみませんが、ただ今満席でございます。

知道了。很抱歉目前剛好客滿了。

ka.shi.ko.ma.ri.ma.shi.ta./su.mi.ma.sen.ga./ta.da.i.ma.man.se.ki.
de.go.za.i.ma.su.

シートベルトをお締めください

請繋上安全帶

shii.to.be.ru.to.o./o.shi.me.ku.da.sa.i.

説明

飛機上廣播都能聽到的警示通知。

會話

A: まもなく離陸いたします、皆さんシートベルトをお締めください。

由於即將要起飛，請各位繋上安全帶。

ma.mo.na.ku./ri.ri.ku.i.ta.shi.ma.su./mi.na.san.shii.to.be.ru.to.o./o.shi.me.ku.da.sa.i.

B: 聞いた？ちゃんと締めたほうがいいよ。

聽到了嗎？要確實繋好才安全。

ki.i.ta./chan.to.shi.me.ta.ho.u.ga.i.i.yo.

通路側の席をお願いします

請給我靠通道的座位

tsu.u.ro.ga.wa.no.se.ki.o./o.ne.ga.i.shi.ma.su.

説明

飛機的座位一般分為靠窗「窓側」以及靠走道「通路側」，在訂位時可以事先告知票務人員希望劃到座位。這句常用於畫位時表達自己需求的説法。

類句

通路側の席がほしいです。

我想要靠通道的位子。

tsu.u.ro.ga.wa.no.se.ki.ga./ho.shi.i.de.su.

會話

A: お座席の希望はありますか？

您有想要的座位嗎？

o.za.se.ki.no.ki.bo.u.wa./a.ri.ma.su.ka.

B: 通路側の席をお願いします。

麻煩你給我靠通道的位子。

tsu.u.ro.ga.wa.no.se.ki.o./o.ne.ga.i.shi.ma.su.

5番ゲートよりご搭乗 ください

（ご ばん）　　　　　　　　　（とうじょう）

請由5號登機門登機

go.ban.gee.to.yo.ri./go.to.u.jyo.u.ku.da.sa.i.

説 明

「より」是表達「從～、由～」的意思。這句話在搭機前都能從廣播中聽到，航空公司通知乘客登機。

會 話

A: 東 京 行きのお 客 様は５番ゲートよりご搭 乗 く
ださい。

前往東京的旅客請由5號登機門登機。

to.u.kyo.u.yu.ki.no.o.kya.ku.sa.ma.wa./go.ban.gee.to.yo.ri./
go.to.u.jyo.u.ku.da.sa.i.

B: そろそろ搭 乗 の時間です。

時間差不多要登機了。

so.ro.so.ro.to.u.jo.u.no.ji.kan.de.su.

乗り継ぎにはどれくらいかかりますか？

轉機大約需要多少時間？

no.ri.tsu.gi.ni.wa./do.re.ku.ra.i.ka.ka.ri.ma.su.ka.

説明

「乗り継ぎ」是轉乘交通工具的意思。「どれくらいかかります
か」是用於詢問所需花費多少時間的問句說法，也可以用「どの
くらい（時間が）かかりますか」來詢問對方。

會話

A: アメリカにいく乗り継ぎにはどれくらいかかりますか？

前往美國轉機的話需要多少時間？

a.me.ri.ka.ni.i.ku.no.ri.tsu.gi.ni.wa./do.re.ku.ra.i.ka.ka.ri.ma.su.ka.

B: さあ、よくわからないけど、何時間かかかるはずだよ。

這個嘛，我也不是很清楚，但是應該也需要幾個小時吧。

sa.a./yo.ku.wa.ka.ra.na.i.ke.do./nan.ji.kan.ka.ka.ka.ru.ha.zu.da.yo.

リムジンバスの乗り場はどこですか？

請問利木津巴士的搭乘處在哪裡？

ri.mu.jin.ba.su.no.no.ri.ba.wa./do.ko.de.su.ka.

説明

用於詢問機場巴士的搭乘處所在地，該如何前往的説法。「リムジンバス」利木津巴士是日本機場與市區的接駁巴士。

類句

リムジンバスの乗り場はどこにありますか？

請問利木津巴士的搭乘處在哪裡？

ri.mu.jin.ba.su.no.no.ri.ba.wa./do.ko.ni.a.ri.ma.su.ka.

會話

A: すみません、リムジンバスの乗り場はどこですか？

不好意思，請問利木津巴士的搭乘處在哪裡？

su.mi.ma.sen./ri.mu.jin.ba.su.no.no.ri.ba.wa./do.ko.de.su.ka.

B: 空港の前にありますよ。

就在機場前面。

ku.u.ko.u.no.ma.e.ni.a.ri.ma.su.yo.

4 其他

歩いて１０分ぐらい。

歩行大約10分鐘左右

a.ru.i.te.ju.ppun.gu.ra.i.

説明

以步行的時間來表現距離的説法。

會話

A: どうやって駅にいきますか？

要怎麼去車站呢？

do.u.ya.tte.e.ki.ni/i.ki.ma.su.ka.

B: いつも歩いていきます。

我都是步行去的。

i.tsu.mo.a.ru.i.te.i.ki.ma.su.

A: どれぐらいかかりますか？

大約要多少時間？

do.re.gu.ra.i.ka.ka.ri.ma.su.ka.

B: 歩いて１０分ぐらいです。

步行大約10分鐘左右。

a.ru.i.te.ju.ppun.gu.ra.i.de.su.

4 其他

何時間かかりますか？
なん じ かん

花了多少時間？

nan.ji.kan.ka.ka.ri.ma.su.ka.

説明

詢問花費多少時間的説法。「何時間」如果換成「いくら」則可以用來詢問花費多少錢的問句。

類句

何時間ぐらいですか？
なん じ かん

大約多少小時？

nan.ji.kan.gu.ra.i.de.su.ka.

會話

A: あそこまで何時間かかりますか？
　　　　　　　なん じ かん

到那裡需要花多少時間？

a.so.ko.ma.de./nan.ji.kan.ka.ka.ri.ma.su.ka.

B: 1時間ぐらいかかります。
　 いち じ かん

一小時左右。

i.chi.ji.kan.gu.ra.i.ka.ka.ri.ma.su.

料金がメーターと違います

りょうきん / ちが

車資跟跳錶的不一樣

ryo.u.kin.ga./mee.taa.to.chi.ga.i.ma.su.

説明

「メーター」是指計程車的計程表，這句話是在表達司機所收的金額與計程表上所顯示的金額不同。

類句

金額が違います。

きんがく / ちが

金額不一樣。

kin.ga.ku.ga./chi.ga.i.ma.su.

會話

A: あの？

那個？

a.no.

B: 何か？

なに

有什麼問題嗎？

na.ni.ka.

A: 料金がメーターと違います。

りょうきん / ちが

車資跟跳錶的不一樣。

ryo.u.kin.ga./mee.taa.to.chi.ga.i.ma.su.

B: 申し訳ございません。間違ってしまい失礼しました。

もう / わけ / まちが / しつれい

很抱歉，是我看錯了不好意思。

mo.u.shi.wa.ke.go.za.i.ma.sen./ma.chi.ga.tte.shi.ma.i.shi.tsu.re.i.shi.ma.shi.ta.

ここで止めてください
請在這裡停車
ko.ko.de.to.me.te.ku.da.sa.i.

説明

告知司機停車處的説法。

類句

ここでいいです。
在這裡就可以了。
ko.ko.de.i.i.de.su.

會話

A: あの、どこでとめればいいでしょうか？
　　請問，要在哪裡停好呢？
　　a.no./do.ko.de.to.me.re.ba.i.i.de.syo.u.ka.

B: ああ、ここで止めてください。
　　嗯，請在這裡停車就好。
　　a.a./ko.ko.de.to.me.te.ku.da.sa.i.

ホテルへお願いします

請載我到飯店

ho.te.ru.he.o.ne.ga.i.shi.ma.su.

説明

多用於搭乘計程車時請司機前往飯店的説法。

類句

ホテルへいってください。

請你前往飯店。

ho.te.ru.he.i.tte.ku.da.sa.i.

會話

A: すみません、ホテルへお願いします。

不好意思，請載我到飯店。

su.mi.ma.sen./ho.te.ru.he.o.ne.ga.i.shi.ma.su.

B: わかりました。 住所はどこですか？

好的。請問地址是？

wa.ka.ri.ma.shi.ta./ju.u.syo.wa./do.ko.de.su.ka.

トランクを開けてもらえますか？

可以打開後車廂嗎？

to.ran.ku.o./a.ke.te.mo.ra.e.ma.su.ka.

説明

請他人打開後車廂，希望可以將行李放進後車廂的時候就可以用到這句。

類句

トランクを開けてください。

麻煩你打開後車廂。

to.ran.ku.o./a.ke.te.ku.da.sa.i.

會話

A: すみません、トランクを開けてもらえますか？

不可思，請問可以打開後車廂嗎？

su.mi.ma.sen./to.ran.ku.o./a.ke.te.mo.ra.e.ma.su.ka.

B: はい、お荷物はどこにありますか？

好的，請問您的行李在哪裡？

ha.i./o.ni.mo.tsu.wa./do.ko.ni.a.ri.ma.su.ka.

おつりは結構です

不用找錢了

o.tsu.ri.wa./ke.kko.u.de.su.

説明

用於表達零錢不用找，直接這樣就可以的説法。

類句

おつりはいりません。
不用找錢了。
o.tsu.ri.wa./i.ri.ma.sen.

會話

A: おつりは結構です。

不用找錢了。

o.tsu.ri.wa./ke.kko.u.de.su.

B: ありがとうございます。

謝謝您。

a.ri.ga.to.u.go.za.i.ma.su.

4 其他

歩いていけますか？
走路走得到嗎？
a.ru.i.te.i.ke.ma.su.ka.

説明

「いけますか」有表達能否可行的意思。

類句

歩けるくらいの距離
大約是走路能到的距離。
a.ru.ke.ru.ku.ra.i.no.kyo.ri.

會話

A: 最寄りの駅にいきたいんですが、歩いていけますか？

我想到最近的車站，走路能走到嗎？

mo.yo.ri.no.e.ki.ni.i.ki.ta.in.de.su.ga./a.ru.i.te.i.ke.ma.su.ka.

B: いけますよ。ほんの３分ぐらいです。

可以走得到。大約只需要3分鐘的時間。

i.ke.ma.su.yo./hon.no.san.pun.gu.ra.i.de.su.

道に迷ったようです。

好像迷路了

mi.chi.ni.ma.yo.tta.yo.u.de.su.

説明

用來表達可能迷路的説法。

類句

道に迷ったかもしれない。

可能迷路了。

mi.chi.ni./ma.yo.tta.ka.mo.shi.re.na.i.

會話

A: しまった、道に迷ってしまったようです。

糟了，我現在好像迷路了。

shi.ma.tta./mi.chi.ni.ma.yo.tte.shi.ma.tta.yo.u.de.su.

B: 地図がありますか？いまどこにいるの？

不是有地圖嗎？看看我們現在在哪裡？

chi.zu.ga./a.ri.ma.su.ka./i.ma.do.ko.ni.i.ru.no.

急いでお願いします

いそ　　　　　ねが

麻煩你快一點

i.so.i.de.o.ne.ga.i.shi.ma.su.

説明

用來表現時間很緊迫，請對方加快速度的説法。

類句

速くしてください。

はや

請快一點。

ha.ya.ku.shi.te.ku.da.sa.i.

會話

A: 時間がぎりぎりなんです。急いでお願いします。

じ かん　　　　　　　　　　　　　　　いそ　　　　　ねが

時間快來不及了，麻煩你快一點。

ji.kan.ga.gi.ri.gi.ri.nan.de.su./i.so.i.de.o.ne.ga.i.shi.ma.su.

B: はい、わかりました。

好的，我知道了。

ha.i./wa.ka.ri.ma.shi.ta.

まっすぐ行ってください
請直走
ma.ssu.gu.i.tte.ku.da.sa.i.

説明

回答他人問路時，請對方直行的表現說法。

類句

まっすぐ行きます。
直行。
ma.ssu.gu.i.ki.ma.su.

會話

A: バス停はどうやっていくの？

　　要怎麼前往公車站牌？

　　ba.su.te.i.wa./do.u.ya.tte.i.ku.no.

B: まっすぐ行ってください。すぐ見えますよ。

　　請直走。很快就可以看到了。

　　ma.ssu.gu.i.tte.ku.da.sa.i./su.gu.mi.e.ma.su.yo.

あなたもできる！
日本語会話帳

娛樂
生活
Part 6
篇

何^{なん}ですって？

你説什麼？

nan.de.su.tte.

説明

「～って」是「～什麼」的意思，多用於承接對方的話，或是反問對方的時候。在日劇中這句是相當常見的會話，以下舉例的會話出自日劇「女王的教室」。

類句

何^{なん}だって？

你説什麼？

nan.da.tte.

會話

A: 先生^{せんせい}、なんで勉強^{べんきょう}をしなければいけないんですか？

老師，我們為什麼非讀書不可？

sen.se.i./nan.de.ben.kyo.u.o./shi.na.ke.re.ba.i.ke.na.in.de.su.ka.

B: 何^{なん}ですって？

你説什麼？

nan.de.su.tte.

そんなはずないよ
不可能
son.na.ha.zu.na.i.yo.

説明

「はず」表示當然、道理。這句沒有這種道理，引申為不可能的
意思。

類句

無理です。
不可能。
mu.ri.de.su.

會話

A: わたし、立派な 料 理人になります。
我啊，立志要成為一位了不起的廚師。
wa.ta.shi./ri.ppa.na.ryo.u.ri.nin.ni.na.ri.ma.su.

B: 君のようなばかが、なれるはずないよ。
像你這樣的笨蛋，這是不可能的事。
ki.mi.no.yo.u.na.ba.ka.ga./na.re.ru.ha.zu.na.i.yo.

聞いてもいいですか？

可以問嗎？

ki.i.te.mo.i.i.de.su.ka.

説明

用於詢問對方同意的説法。

類句

ちょっと聞いていい？

想問個問題，可以嗎？

cho.tto.ki.i.te./i.i.

會話

A: あの、聞いてもいいですか？

那個，想問一下？

a.no./ki.i.te.mo.i.i.de.su.ka.

B: なにか？

什麼事？

na.ni.ka.

A: きょうはここで寝てもいいですか？

今天可以讓我睡在這裡嗎？

kyo.u.wa./ko.ko.de.ne.te.mo.i.i.de.su.ka.

B: いいよ。

可以。

i.i.yo.

付き合うことにした
つ　あ

決定交往了

tsu.ki.a.u.ko.to.ni.shi.ta.

説明

「にする」之前就提過是指決定做什麼的意思，這裡以過去式表達已經做了什麼決定。「付き合う」是交往的意思，通常是指男女之間。
つ　あ

類句

こうさい
交際します。

交往。

ko.u.sa.i.shi.ma.su.

會話

A: 彼女と付き合うことにしたの？
　　かのじょ　　　つ　あ

你已經決定跟她交往了嗎？

ka.no.jo.to.tsu.ki.a.u.ko.to.ni.shi.ta.no.

B: うん、もう決めたよ。
　　　　　　　き

嗯，我已經決定了。

un./mo.u.ki.me.ta.yo.

ちょっといいですか？

現在有時間嗎？

cho.tto.i.i.de.su.ka.

説明

用於詢問對方目前的時間方便與否，常用於有重要的事情或是有話要談，進入主題之前的疑問句。

類句

いま、時間がありますか？

現在，有時間嗎？

i.ma./ji.kan.ga./a.ri.ma.su.ka.

會話

A: ちょっといいですか。

現在有時間嗎？

cho.tto.i.i.de.su.ka.

B: いいよ。

有啊！

i.i.yo.

A: 相談したいんですが。

有點事想找你商量。

so.u.dan.shi.ta.in.de.su.ga.

B: それじゃ、コーヒーでも飲みにいきましょう。

這樣啊，要一起去喝杯咖啡嗎。

so.re.ja./koo.hii.de.mo.no.mi.ni.i.ki.ma.syo.u.

どういう意味ですか？

這是什麼意思？

do.u.i.u.i.mi.de.su.ka.

説明

用於因為不理解對方想表達的意思，詢問對方話中的含意，也略帶有不認同的意思。

類句

どういう意味でしょうか？

是什麼意思呢？

do.u.i.u.i.mi.de.syo.u.ka.

會話

A: この前のこと、これ以上聞かないほうがいいよ。

之前的事你最好不要再追問下去了。

ko.no.ma.e.no.ko.to./ko.re.i.jo.u.ki.ka.na.i.ho.u.ga.i.i.yo.

B: あれっ、どういう意味ですか？

你這話是什麼意思？

a.re./do.u.i.u.i.mi.de.su.ka.

知らないの？

你不知道嗎？

shi.ra.na.i.no.

説明

以為對方應該知道的事情，但實際上對方並不知道。

類句

わからないですか？

你不懂嗎？

wa.ka.ra.na.i.de.su.ka.

會話

A: 今日は渋滞が本当にすごいな。なぜかなあ。

今天塞車情況真的很誇張。發生什麼事了？

kyo.u.wa.ju.u.ta.i.ga.hon.to.u.ni.su.go.i.na./na.ze.ka.na.a.

B: 知らないの。きょうはバレンタインデーなんだよ。

你不知道嗎？今天是西洋情人節啊。

shi.ra.na.i.no./kyo.u.wa./ba.ren.ta.in.dee.nan.da.yo.

まさか！

不會吧！

ma.sa.ka.

説明

用於表示意想不到的情況。

類句

思^{おも}いがけない。

沒想到。

o.mo.i.ga.ke.na.i.

會話

A: 彼^{かれ}は今回^{こんかい}のテストで1位^いを取^とったそうです。

聽説他在這次的測驗中獲得第一名。

ka.re.wa./kon.ka.i.no.te.su.to.de./i.chi.i.o./to.tta.so.u.de.su.

B: まさか！

不會吧！

ma.sa.ka.

何してる？
なに

你在做什麼？

na.ni.shi.te.ru.

説明

詢問對方正在做什麼事情，這種口氣是屬於較親近的朋友之間的
説法。

類句

何をしてるんですか？
なに

你正在做什麼事？

na.ni.o./shi.te.run.de.su.ka.

會話

A: いま、何してる？
　　　なに

現在，你在做什麼？

i.ma./na.ni.shi.te.ru.

B: 映画を見ているところ。一緒に見よう！
　　えい が 　 み 　　　　　　　　　 いっしょ 　み

我正在看電影。一起看吧！

e.i.ga.o./mi.te.i.ru.to.ko.ro./i.ssyo.ni.mi.yo.u.

心配しないで
しんぱい

別擔心

shin.pa.i.shi.na.i.de.

説明

「心配」是指擔心，除了原意「別擔心」之外，也有不要想太
しんぱい
多、不要煩惱的意思。用於安撫他人情緒時常用的會話。

會話

A: 来週の面接は大丈夫ですか？
らいしゅう めんせつ だいじょうぶ

下星期的面試你沒問題吧？

ra.i.syu.u.no.men.se.tsu.wa./da.i.jyo.u.bu.de.su.ka.

B: ちゃんと準備していますので、心配しないで。
じゅんび しんぱい

我有認真的在准備。別擔心。

chan.to.jun.bi.shi.te.i.ma.su.no.de./shin.pa.i.shi.na.i.de.

嘘でしょう
你在說謊吧
u.so.de.syo.u.

説明

「嘘」是謊言的意思。這句話可用來表達不相信對方所說的話，指責對方說謊的行為。

類句

嘘つき。
騙子
u.so.tsu.ki.

會話

A: ごめんね、仕事があったので、明日はいけなくなっちゃった。

對不起，因為臨時有工作，明天可能不能去赴約了。

go.men.ne./shi.go.to.ga.a.tta.no.de./a.shi.ta.wa./i.ke.na.ku.na.ccha.tta.

B: 嘘でしょう。

你在說謊吧！

u.so.de.syo.u.

なんでもない

沒事

nan.de.mo.na.i.

説明

原意為什麼都沒有，作為表示沒事，什麼事都沒有發生。

類句

何にもない。

沒事。

nan.ni.mo.na.i.

會話

A: 何があったの？

發生什麼事了？

na.ni.ga.a.tta.no.

B: いいえ、なんでもない。

沒有，沒什麼事。

i.i.e./nan.de.mo.na.i.

最高
さいこう

最好的／最棒的

sa.i.ko.u.

説明

用來形容在自己經歷中，覺得最棒、最好、最無以倫比的經驗，
不論事實體的物品，或是風景、人還是經驗，都可以以這個句來
表達。

類句

素敵！
すてき

太棒了！

su.te.ki.

一番。
いちばん

最好的。／第一。

i.chi.ban.

會話

A: この夏休みは最高だった。
なつやす　　　さいこう

這是最棒的暑假！

ko.no.na.tsu.ya.su.mi.wa./sa.i.ko.u.da.tta.

B: そっか。いいね！

這樣啊。太好了！

so.kka./i.i.ne.

そうじゃなくて
不是那樣的
so.u.jya.na.ku.te.

説明

認為對方説得不對，誤解自己的意思，否認對方説的話。

類句

そういう意味じゃなくて。

我不是這個意思。

so.u.i.u.i.mi.jya.na.ku.te.

會話

A: きょうは　ちょっと違う感じですね。

你今天看起來有點不一樣。

kyo.u.wa./cho.tto.chi.ga.u.kan.ji.de.su.ne.

B: ええ、髪型変えたから。

嗯，因為換髮型了吧。

e.e./ka.mi.ga.ta.ka.e.ta.ka.ra.

A: そうじゃなくて、コンタクトレンズに換えたことですよ。

不是那樣的，我是指你換成隱形眼鏡了。

so.u.ja.na.ku.te./kon.ta.ku.to.ren.zu.ni.ka.e.ta.ko.to.de.su.yo.

いい加減にしなさい
振作起來／不要太過分
i.i.ka.gen.ni.shi.na.sa.i.

説明

這句話在表達要對方不要太超過，要注意自己的行為，有所斟酌，所以多用於教訓對方不要太過分，或是以這句話激勵對方，希望對方可以振作起來。

類句

しっかりしてください。
請振作起來。
shi.kka.ri.shi.te.ku.da.sa.i.

會話

A: いい加減にしなさい。時間があったら、部屋をちょっと掃除しなさい。

你不要太過分。如果有時間的話，就應該把房間打掃一下。
i.i.ka.gen.ni.shi.na.sa.i./ji.kan.ga.a.tta.ra./he.ya.o./cho.tto.so.u.ji.
shi.na.sa.i.

B: はいはい、わかりました。

好！好！我知道了。
ha.i.ha.i./wa.ka.ri.ma.shi.ta.

永續圖書
線上購物網

www.foreverbooks.com.tw

◆ 加入會員即享活動及會員折扣。

◆ 每月均有優惠活動，期期不同。

◆ 新加入會員三天內訂購書籍不限本數金額，
  即贈送精選書籍一本。（依網站標示為主）

專業圖書發行、書局經銷、圖書出版

永續圖書總代理：
五觀藝術出版社、培育文化、棋茵出版社、達觀出版社、
可道書坊、白橡文化、大拓文化、讀品文化、雅典文化、
知音人文化、手藝家出版社、璟琄文化、智學堂文化、語
言鳥文化

活動期內，永續圖書將保留變更或終止該活動之權利及最終決定權。

國家圖書館出版品預行編目資料

私藏日本語學習書 / 雅典日研所編著.

-- 初版 -- 新北市：雅典文化. 民103.3

面； 公分. --（全民學日語；29）

ISBN 978-986-5753-06-1（平裝附光碟片）

1. 日語 2. 會話

803.188　　　　　　　　103001144

全民學日語系列 29

私藏日本語學習書

編　　著／雅典日研所
責任編輯／詹鎧欣
美術編輯／林于婷
封面設計／劉逸芹

法律顧問：方圓法律事務所／涂成樞律師

總經銷：永續圖書有限公司　　CVS代理：美璟文化有限公司
永續圖書線上購物網　　　　　TEL：（02）2723-9968
www.foreverbooks.com.tw　　FAX：（02）2723-9668

出版日／2014年3月

雅典文化

出版社　22103　新北市汐止區大同路三段194號9樓之1
　　　　　TEL　（02）8647-3663
　　　　　FAX　（02）8647-3660

私藏日本語學習書

雅致風靡　典藏文化

親愛的顧客您好，感謝您購買這本書。即日起，填寫讀者回函卡寄回至本公司，我們每月將抽出一百名回函讀者，寄出精美禮物並享有生日當月購書優惠！想知道更多更即時的消息，歡迎加入"永續圖書粉絲團"您也可以選擇傳真、掃描或用本公司準備的免郵回函寄回，謝謝。

傳真電話：（02）8647-3660　　　　電子信箱：yungjiuh@ms45.hinet.net

姓名：		性別：　□男　□女
出生日期：　　年　　月　　日		電話：
學歷：		職業：
E-mail：		
地址：□□□		
從何處購買此書：		購買金額：　　　　元
購買本書動機：□封面 □書名 □排版 □內容 □作者 □偶然衝動		
你對本書的意見： 內容：□滿意□尚可□待改進　　編輯：□滿意□尚可□待改進 封面：□滿意□尚可□待改進　　定價：□滿意□尚可□待改進		
其他建議：		

沿此線對折後寄回，謝謝。

廣 告 回 信
基隆郵局登記證
基隆廣字第056號

2 2 1 0 3

雅典文化事業有限公司　收
新北市汐止區大同路三段194號9樓之1

雅致風靡　典藏文化